星々の悲しみ

宮本 輝

文藝春秋

目次

星々の悲しみ

その年、ぼくは百六十二篇の小説を読んだ。十八歳だったから、一九六五年のことだ。

大学の入試に落ちたので、高校の卒業式が済《す》むと、ぼくはすぐに大阪の梅田にある予備校に入る手続きをして、授業の始まる四月半ばまで家に閉じこもって寝てばかりいた。寝ながら、とにかく一年間、猛烈な勉強をしてやろうと心に期していた。予備校に通い始めて四日目に最初の実力試験があり、その二日後に結果が掲示板に貼り出された。ぼくの名前は、ちょうど真ん中あたりにあった。予備校の四階建てのビルから表通りの歩道に出たとき、大きなクラクションの音がして、小型トラックの運転手が横から割り込んで来た乗用車に怒鳴っている場面を目にしたのだった。

ぼくとそんなに歳《とし》の違わない坊主頭の運転手は、一度車内から身を乗り出して相手を睨《にら》みつけたあと、何気なくこちらに視線を移してきた。どういうわけか、ぼくと目が合って、彼は前にいる乗用車の運転手に対する鬱憤《うっぷん》をにわかにこちらに向けたかのように、視線をじっと注いできたのだった。

春の陽《ひ》が、車や舗道や店舗を照らしていた。温かい風が足元で強く舞って、路上に捨てられた競馬の予想紙を吹き飛ばした。ぼくは慌《あわ》てて目をそらせ、とぼとぼ歩き始め、そっと振り向いてみた。トラックの運転手はまだぼくを見つめていて、車を急発進させながら、薄い笑いを投げてきた。ぼくも微笑を返し、また路上に目を落として歩いて行った。そのとき、むしょうに、ぼくは現実的でないもの、遠い世界のもの、心ときめくもの、しかも嘘偽《うそいつわ》りのないものの中にひたり込んで行きたくなったのだった。

ぼくは参考書や模擬試験のプリントなどの入った紙袋を小脇に、国鉄の大阪駅まで歩いて来て、さあどっちへ行こうかと思案したまま立ち停《ど》まった。駅のコンコースの中は暗く、そこから行き交う人の黒い輪郭越しに、真っすぐ伸びる御堂筋《みどうすじ》の光彩が迫って来ていた。ポケットには定期券と百円玉が四つ入っているだけだったが、ぼくは眩《まば》ゆい光のほうに勢いをつけて歩きだした。

梅田新道の交差点を横ぎって淀屋橋《よどやばし》に向かう道の一角を左に折れ、細い路地に入って行った。質流れの品を専門に売っている店の前に来て、そこで歩調を弱めた。近くに裁判所があるので、付近には司法書士事務所がたくさん看板を出していた。

四つ辻のところに大きな漢方薬店があり、その二階は〈じゃこう〉という名の喫茶店になっている。ぼくは高校二年生のときも、ときどき学校をさぼって中之島の府立図書館へ行き、外国の古い小説を読みふけったことがあり、帰りにこの〈じゃこう〉で紅茶やジュースを飲んだりしたのである。

老舗《しにせ》の漢方薬店の二年前と少しも変わらぬ店構えを眺めながら、車の通りの激しい広い道に出て、ぼくはまた飛び跳ねるような歩き方で、図書館への古い石の橋を渡った。橋の名が刻まれた四角い石の上に、大きな獅子の坐像があり、鳩の糞にまみれて四頭とも表情は判別出来なくなっていた。見ると、獅子だけでなく、図書館の屋根も、そのむかい側の裁判所の古めかしい建物も、いたるところ鳩の糞だらけで、盛りあがっているはずなのに、光をあびて弾痕《だんこん》みたいにえぐれて映っているのだ。

ぼくは鳩が嫌いだった。とりわけ都会の鳩の、その善良ぶった仕草が嫌いだったから、図書館の巨大な洋館がやつらの垂れ流しで汚されているのを見ると腹がたった。図書館の真ん中の石段に腰かけて、ぼくは煙草をすった。中之島公園のほうから、無数の鳩が飛んで来て、図書館の窓や丸いドーム型の屋根にとまったのを見つめているうちに、ぼくの中のあるものが突然萎《な》えていった。受験勉強など、もうどうでもよくなってしまったのだ。それで、きょう一日だけ休憩だと思った。きょう一日だけ、好きな本を読もう。勉強はあしたからだ。

　図書館には入口が二つあった。むかって右側が自習室で、左側は一般閲覧室だった。自習室は高校生や浪人たちで満員になるから、朝早くから開館の時間まで並んでいなくては到底入ることが出来ないのだが、一般閲覧室のほうはたいていの場合空席があった。だから午後から出かけて行っても大丈夫のはずだった。ただ閲覧室にはノート一冊以外は持ち込むことが出来ない規則になっている。ぼくは入館の手続きをして紙袋をロッカーに押し込み、喫煙室に腰かけてまた煙草をすった。喫煙室には誰もいなかった。アルミの大きな灰皿には吸い殻が山盛りになってくすぶっていた。図書館は明治三十七年に建てられたネオ・ルネッサンス風の建物で、板壁も漆喰《しっくい》の壁も変色して黒ずんでいる。何十年ものあいだにこびりついたヤニのおかげで、喫煙室はそれ自体がキセルの中みたいになって湿っているのだ。

　ぼくは階段をのぼって二階のがらんとした丸い部屋に行った。天井のステンドグラスから光が降りていた。正式には、そこが玄関の大広間で、突き当たりに小さな受付台があるのだが、係の人の坐《すわ》っているのを、ぼくは一度も見たことはなかった。ぼくは長いあいだステンドグラスの赤や青のかけらを見あげた。黒い影が、ステンドグラスの上を歩いていた。鳩がいるのだ。三階の廊下が、大広間を取り囲むように円形に突き出し、そこをひとりの女子大生らしい娘が足音を忍ばせて歩いていた。

手すりから顔をのぞかせて、見あげているぼくを一瞥《いちべつ》し、どこかの部屋に姿を消した。ぼくはその娘の胸の隆起ばかり見ていたが、形良くカールした前髪の下の切れ長の目も気に入った。それで、その娘の目が一重《ひとえ》なのか二重《ふたえ》なのかを見届けようという気になって、ぼくは二段とばしに階段をのぼり、幾つもの部屋を捜して歩いた。ぼくは、一重の切れ長の目が好きだったからだ。

〈外国文学〉と書かれた掛け札の下の、大きな長方形のテーブルの隅に彼女は坐っていた。本を読むのは、きょう一日きりだったはずなのに、ぼくはにわかにロシアの長い長い小説を、最初から最後まで一字もとばさずに読了してみたくなって、〈ロシア〉と示された棚のところに近づいて行った。そして窓の外に視線を移した彼女の顔をそっとのぞいた。くっきりとした二重の目だったが、ぼくの腰のあたりが波立った。清潔な肌の下に薄桃色の匂い袋を持っていることを暗示するかのように、白い木綿のブラウスのボタンを二つも外していたのだ。気配りのされた彼女の目立たないおしゃれが、ぼくにはひどく魅力的に映った。

　ぼくは中学も高校も男子ばかりの私学に通ったから、女の子の友だちなどひとりもいなかった。級友の中には、他校の女子高生と恋愛関係を持っていた者も何人かいたが、ぼくには無縁のことだった。ぼくは中学生の時代から約六年間、ただの一度も、同じ年頃の女の子と口をきいたことはなかった。それなのに、ぼくはそのと

きなんのためらいもなく、本棚からあとずさりして彼女の傍《そば》に行き、

「その本、もう読み終わりますか?」

と訊《き》いたのだった。声をかけてから、ぼくはまったくこれ以上うまいきっかけの作り方はなかったと自分自身驚いたくらいだった。彼女は顔をあげ、半分くらい読み終えたぶ厚い本を閉じて、

「これ、捜してるんですか?」

と言った。ぼくは、彼女の読んでいた本が、トルストイの「復活」であることを知って、そのとき初めて体中が紅潮してくるのを感じた。言ったことはでたらめではなく、確かにぼくはロシアの長い小説を読むつもりになっていたのだから。

「まだもう二、三日はかかると思いますけど」

「それならそのあいだ、ほかの本を読んでますから、気にせずにゆっくり読んで下さい」

ぼくは「ツルゲーネフ全集」を書架の上段から取り出して、彼女の斜め向かいの席に坐り読みだした。全集は「父と子」で始まっていたが、高校生のときにすでに読んでいたので、ぼくはページを繰っていき、「猟人日記」の最初のページに目を止めた。持ち込んだ一冊の買ったばかりのノートのうしろに、一九六五年四月二十二日、ツルゲーネフ、猟人日記と書きつけて、ちらっと彼女の様子をさぐってみた。

彼女はぼくより少し歳上に見えた。窓からの光線が髪の毛を包んで、黒い部分と栗色の部分を作りだしていたから、ぼくはきっと彼女は毛を染めているのだろうと思った。その目立たない染め具合も、ぼくにはとても上品に見えた。

閲覧室には八人の利用者しかいなかった。積みあげた本で囲いを作って、そのまま机に突っ伏して眠っている者もいた。窓はところどころ開けられていて、そこから風が吹いて来ていた。彼女は右手を本の角に当てがい、左手でときおり髪の毛を梳《す》きあげながら、「復活」に目を落としていた。ぼくは気を入れてツルゲーネフを読み始めた。三十分ぐらいたったとき、ぼくの目の前に「復活」が置かれた。はっとして顔をもたげると、傍に彼女が立っていた。

「半分読むのに一週間もかかったの。誰か待っている人がいると思ったら、気が散って読めなくなったから、どうぞ先に読んでしまって下さい。私、そのあとからでいいです」

「いいんです。ぼく、ほかにいっぱい読みたい本があるから、いつでもいいんです」

ぼくは頑固に本を押し戻した。そうしなければ、二、三日後に、もう一度彼女と言葉を交わす機会を失《な》くしてしまうからだった。困った顔で立っている彼女にぼくは言った。

「ことし中に、あそこにある本を全部読むんですから」

ぼくが指差した書架は、フランス文学とロシア文学のコーナーだった。ざっと見ただけでも三百冊ぐらいは並んでいそうだった。彼女は冗談だと思ったらしく、少し微笑《ほほえ》んで「復活」を持ったまま自分の席に戻って行った。彼女の微笑を見て、ぼくは彼女が馬鹿ではないことを知った。うわっつらだけの美貌《びぼう》で不潔な愚かさを隠している女がたくさんいるのを、ぼくはまい日電車の中や地下街の雑踏のあちこちで見かけていた。そんな女たちは、車内吊りのポスターに見入ったり、ショーウィンドウを覗《のぞ》き込んだりする一瞬に素顔をさらけ出してしまうのだが、彼女は本の活字を追っているときも、ページを繰っているときも、窓辺の鳩が一斉に飛び立つのを見るときも、正体を現わしはしなかった。

彼女はふいに顔をあげてぼくを見た。ぼくは慌てた。それでうっかり慌てた表情のまま、緑青《ろくしょう》の噴き出た古い真鍮製《しんちゅうせい》の窓枠に目を移した。ぼくは同じことを二、三度繰り返してみようと思った。歳下の男らしく、出来るだけ純情そうにどぎまぎと視線をあらぬ方にそらさなければならないのだが、ぼくは自分でもあきれるくらい上手に同じ仕草を二回繰り返せた。それ以後は「猟人日記」から決して目を離さなかった。

彼女が本を元の場所に戻し、帰って行ってしまってから、ぼくは静まりかえった閲覧室の片隅で夕方まで「猟人日記」を読んだ。きょう一日だけのつもりだった読書を、ぼくは「ツルゲーネフ全集」を読み切るまでつづけることにした。あしたは「ルージン」を読み、あさっては「貴族の巣」を読もうと決めて、本を書架の上段のいちばん端のところにしまった。

ぼくはまい日図書館に通った。そしていつも同じ場所に坐った。目の前の書架には、ぼくが受験勉強を放擲《ほうてき》して、意地でも全部読み切ってやろうと思っている二百数十冊の本があり、湿気に満ちた紙臭い色褪《いろあ》せた背表紙が、年代物の木製の書架の中で押し黙っていた。トルストイの作品の並んでいる場所には、あの日以来誰も触れた者のない「復活」が、他の本よりも少し手前に突き出た格好で納まっていた。もしぼくのいないときに彼女がやって来ても、ちゃんとそれとわかるように、細工しておいたのだ。

ぶ厚い「ツルゲーネフ全集」を読み終えたのは、図書館に通い始めて八日目だった。「復活」にはそれきり動かされた跡がなかった。ぼくは「アンナ・カレーニナ」の上巻を取り出して席に坐った。朝から、いまにも雨の降り出しそうな空模様で、一、二ページ読みすすむと頭の奥が痛くなった。何度も欠伸《あくび》が出て、そのたびに人差し指で涙をぬぐった。ぼくはぼんやりと、薄暗い部屋を囲むようにしてきちんと並べられている夥《おびただ》しい数の書物を眺めた。これらの本を、たとえすべて読破したからといって、希望する大学に入れるわけではないのだという考えが、ほんの少しのあいだ、ぼくに強い不安感をもたらした。頬杖《ほおづえ》をついて、ガラス窓越しに黒い雲が拡がったり縮んだりするさまを見ていた。大学にさえ入ってしまえば、本を読むことも女の子を口説いてみることも、気が変になるくらい勉強してみることも自由なのだと思うと、またいっそう腹立たしくなってきた。

腕時計を見ると十時半だった。金曜日だったから、予備校では午後から模擬試験がある。毎週金曜日に、そうやって受験の練習をつづけていくのである。それは来年の一月末まで毎週毎週つづけられていくのだ。そんな試験のトレーニングよりも、ヴラジーミル・ペトローヴィチの初恋のほうがぼくにははるかに大切なことであるように思えた。アンナ・カレーニナの不義と破局に連れ添う時間のほうが、人間であるぼくにはより貴重な財産をもたらしてくれるのではないか。

だがぼくは、本を元のところに戻すと、丸めたノートを尻ポケットに突っ込んで、天井の高い、ひんやりとした閲覧室を出て行った。喫煙室で立ったまま煙草を吸い、ロッカーから紙袋と傘を出して、図書館の狭い暗い出口をくぐった。

汚れた獅子の坐像を両端にすえた石の橋の真ん中で、二人の青年が小石を投げ合って遊んでいた。二人は欄干を背にして、向かい側の欄干の下に置いた牛乳瓶の中に小石を放り込もうとしているのだ。ぼくは二人に見覚えがあった。同じ予備校の同じ教室で、いつも最前列の席に腰かけて授業を受けている二人だった。

　ぼくがなぜ二人を覚えていたのかというと、ひとりは同性のぼくでさえ一瞬はっとするくらい彫りの深い秀麗な顔立ちで、もうひとりのほうは何かの漫画に登場してくる三枚目に共通して見られるような、気の毒なくらいに滑稽《こっけい》な造作でひときわ目立っていたからだった。二人は必ず一緒に予備校にやって来、一緒に予備校の玄関を出て行った。二人はぼくを見ると、小石を投げるのをやめて、通り過ぎるのを待つように黙り合って突っ立っていた。片方がぼくの顔を見て、相棒に何か耳打ちした。向こうも、何となくぼくの顔に見覚えがあるのだろうと思いながら前を通りかかったとき、耳打ちされた三枚目のほうが、

「よお」

　とぼくに声をかけた。ぼくも笑い返して、

「何をしてるのん？」

　と訊いた。頭上には曲がりくねった高速道路があり、車の走り過ぎていく音が響き、鳩の群れが断続的に橋の下から舞いあがっていた。空は暗かったから、同じ色の鳩がとりわけ汚ならしく見えた。

「図書館、満員で入られへんから、ここで暇つぶしや」

「……へえ」

するとニ枚目のほうが、ぼくを値ぶみするように見廻してから言った。

「図書館の入口に一万円札が落ちてたんや。俺がみつけて、こいつが足で踏んだ。どっちに権利があるかで、いま決着をつけてるんや」

「牛乳瓶に石を入れたほうが、一万円を貰《もら》える」

二人は掌《てのひら》の中に何個かの小石を持っていた。ぼくは二枚目の手から小石をひとつ取って、牛乳瓶めがけて放り投げた。きっとそれは何百分の一の確率だったに違いない。ぼくの投げた小石は牛乳瓶の中でくるくる廻った。三枚目が、ひゃあっと大きな声をあげて、牛乳瓶を置いてあるところに走りながら叫んだ。

「入った！　これは奇蹟《きせき》や」

二枚目が前かがみになって笑いだした。ぼくがあっけに取られて見つめるほど、いつまでも笑った。

「図書館で本を読んでたんやけど、気分が乗れへんから、昼からの模擬試験を受けようかなァと思《おも》てるんや」

二人には模擬試験など受ける気のないことがわかったから、ぼくは欄干の上に紙袋を載《の》せて、堂島川の流れに目を落として言った。川のところどころが、鳩の首みたいに何色もの光沢でぎらついていた。二枚目も同じように欄干に肘《ひじ》をついて、ぼくにどこの高校を卒業したのかと訊いた。ぼくは質問に答えてから、二人の名を尋ねた。二枚目が自分のことを有吉と名乗り、三枚目を指差して、

「あいつは草間や」

と教えてくれた。

「俺は志水《しみず》。志水靖高《やすたか》」

大粒の雨が橋の上の石畳を濡《ぬ》らしていった。有吉も草間も傘を持っていなかった。ぼくたちは一本の傘の中でかたまり合って、司法書士事務所と大阪拘置所の塀とが並んでいる筋を歩いて行った。〈じゃこう〉の前に来たとき、ぼくは言った。

「この喫茶店、何時間粘ってても、いつまでも無視しててくれるぞォ」

漢方薬店の横の細い階段をのぼって、ぼくたちは〈じゃこう〉に入った。大きな油絵が、入口の横の壁に掛けられてあった。二年前にも、ぼくはこの絵に長いこと見入ったものだったが、久しぶりに目にして、当時は感じなかったある不思議な切なさが、その明るい色調の底に沈んでいることを知った。葉の繁った大木の下で少年がひとり眠っていた。少年は麦わら帽子を顔に載せ、両手を腹のところに置いて眠り込んでいるのである。大木の傍に自転車が停めてあり、初夏の昼下がりらしい陽光がまわりを照らしている。さやかに風が吹いているのか、葉という葉がかすかに右から左へとなびいている。それだけの絵だった。絵の下に小さな紙が貼られて

あり、そこに絵の題と作者名が記されていた。〈星々の悲しみ　嶋崎久雄　一九六〇年没　享年二十歳〉。

高校生のとき、ぼくはその絵が、なぜ「星々の悲しみ」なのかわからないまま、本を読む目をあげて、しばしば眺めつづけたのだ。

「凄《すご》いなァ……」

有吉が、絵を見てつぶやいた。油彩なのに、微細で鋭利な刃物でけずりあげたような筆さばきが、葉の一枚一枚を、光の一筋一筋を、木肌の一片一片を執拗《しつよう》に描きぬいていたから、百号はある大きな絵に浮かぶ暖かいほのぼのとした光と風が、いったいどこから炙《あぶ》り出されてくるのか、誰もがいぶかしく思ってしまうのだった。有吉は立ちあがり、絵に近づいて行き、紙に書かれた文字を見つめ、

「二十歳《はたち》で死んでしもたんか……」

と言った。

「そしたら、この人、何歳のときにこの絵を描いたんやろ？」

有吉は、ぼくが初めて絵を見たときに考えたことと同じことを口にした。ぼくは以前にそれとよく似た言葉で、店の主人らしい男に訊いたことがあった。男は、さあと首をかしげ、自分は経営者ではないからと答えた。下の漢方薬店の主人が、〈じゃこう〉のオーナーであることを、ぼくはあとになって知ったのだ。

ぼくは熱い珈琲《コーヒー》をすすりながら、通りに面した大窓から、本降りになった雨を見やった。ぼくは自分の年齢を考えて、あらためて「星々の悲しみ」の凄さを思った。だがなぜ、この木陰で眠る少年が「星々の悲しみ」なのだろう。ときおり自分の席から首を廻して絵を見つめている有吉に、ぼくはそのことを訊いてみようとした。すると有吉は、ぼくが口を開く前にこう言った。

「この絵、もっとほかの題がついてたら、何でもないただの絵かも知れへんなァ」

それから草間の柄物のシャツの胸ポケットから四つに折りたたんだ一万円札を取り出し、

「さあ、決着をつけるぞ。さっきは勝負なしやったからなァ」

「半分に分けたらええやないか。有吉と草間で五千円ずつ」

ぼくがそう言うと、草間は猫舌のぼくがあっけに取られるほどの勢いで、湯気のあがっている熱い珈琲をひと息に飲み干し、

「俺と有吉のあいだに〈共有〉というのはないのや。取るか取られるか、オール・オア・ナッシング」

そう言って、せわしげにシャツやズボンのポケットをさぐった。ぼくが煙草の箱をさし出すと、嬉《うれ》しそうに笑って一本抜き取った。

「牛乳瓶に石を入れたのは、この俺やぞォ。それもたったの一発で」

「あれは傑作やったな。世の中には、ああいうとぼけたことが、ときどき起こるんや」

テーブルに片肘をついて、有吉はまたくつくつといつまでも笑った。それから思い出したように、

「図書館で、何の本を読んでたんや。予備校をさぼって」

と真顔になって訊いた。

「アンナ・カレーニナ」

ぼくはそう答えて、それから正直に図書館に通うようになったいきさつを語って聞かせた。逢《あ》ってからまだ一時間もたっていなかったが、ぼくは二人を好きになっていたのだった。

「俺はランボーが好きや。ときどき『地獄の季節』を読むんや。単語を覚えられへんときとか、自分に自信がなくなって、何となく心臓がドキドキしてきたときなんかに読む。あれも凄いぞォ。精神の透き通った結晶や」

ぼくは驚いて、草間の横顔を見つめた。草間にそんな面があったのかという思いだった。有吉は少しひやかしぎみに、

「草間はこんな顔をしてても、センシティブなところがあるからなァ。こういう男が医者になったら面白いぞ」

と言った。ぼくは草間が医学部を志望していることを知った。

「そやけど、いまの珈琲の飲み方を見てたら、とてもやないけどセンシティブな人間とは思えんよ」

とぼくは横槍《よこやり》を入れた。

「いや、ああいう無造作な部分も医者には必要なんや」

有吉はそう言ってから声を落とした。

「草間の特技を教えたる。怪盗ルパンか怪人二十面相かというくらい、大胆不敵に盗みをはたらきよる。自転車屋の店先で、白昼、ちゃんと値札をはずしてそのまま乗って帰ってくるなんて芸当は朝めし前やぞォ」

草間は上目づかいにぼくを見つめて、片目をつぶってみせた。ぼくは笑った。昼《ひる》日中《ひなか》、自転車が一台消えてしまったことに気づいた主人の、呆然《ぼうぜん》とした顔を想像すると、こみあげてくる笑いを止めることが出来なかった。

「いままで何台盗んだ？」

ぼくの問いに、草間は指を四本立てた。

「そやけど、あくる日に、ちゃんと返しといた。白昼堂々と、素知らん顔をしてな」

「……へえ」

「志水も、何か欲しいもんがあったら、草間に盗んでもらえよ。そのかわり、用事が済んだら、ちゃんと持ち主に返すのがルールやぞォ」

有吉がそう言ったので、ぼくは即座に答えた。

「あの油絵と、図書館で逢《お》うた女の子を盗んできてくれよ」

「どっちも大仕事やなァ」

草間が真顔で考え込んだので、ぼくと有吉は、顔をのけぞらせてまたいつまでも笑った。〈じゃこう〉は小さな喫茶店だったから、若い雇われマスターと、美人といえばいえる顔立ちの、能面のように無表情なウェイトレスがひとりいるだけで、註文を聞きに来るときと品物を運んでくるとき以外は、ついたての奥の調理場から出てこなかった。だから、ほかに客のいないときはひっそりとしていて、いつまでも気がねなく粘っていられるのである。

「模擬試験、どうする?」

と草間が訊いた。ぼくは受けるつもりで図書館から出て来たのだったが、有吉にその気がなさそうだったので、

「もうやめた。来週から受けることにして、きょうは休養にあてる」

と言った。ぼくたちは立ちあがった。雨も小降りになっていたから、これからどうするかは、歩きながら考えようということになった。〈じゃこう〉を出る前に、

ぼくはトイレに行こうとした。すると草間が、図書館の前で拾ったという一万円札をぼくに手渡し、

「先に出てるから、これで払っといてくれよ」

と言った。

「悪いなァ。俺の分も奢《おご》ってくれるの？」

「ああ、とにかく牛乳瓶に石を入れたのは、お前やからなァ。あれは、珈琲一、二杯分の値打ちはあるよ」

草間はそう言って、立ったまま、コップに残っていた水を飲んだ。

ぼくはトイレから出ると、入口のところにある会計に立ってウェイトレスを呼んだ。釣り銭のほうが多かったので、ぼくはウェイトレスがレジの中から何枚かの千円札を取り出すのを待ちながら、ふと横の壁に目をやった。心臓がぴくんと跳ねあがり、同時に首のうしろが熱くなった。あの絵が消えていたのだった。

ぼくは何気ない顔つきで釣り銭を受け取ると、出来るだけゆっくりとした足取りで入口のガラス戸を押した。階段を降りるとき、少し足がもつれた。通りを捜したが、有吉と草間の姿はなかった。ぼくは傘もささず、水たまりをよける余裕までも失って、大急ぎで通りを北へ歩いて行った。しばらく行くと、有吉の呼ぶ声が聞こえた。二人は〈じゃこう〉から二百メートルほど離れた路地の奥に立っていた。額

に入った「星々の悲しみ」が、貼り紙だらけの電柱に立てかけてあった。

「おい、これは重いぞォ。とてもやないけど、志水ひとりでは持って帰られへんぞォ」

ぼくは草間の言葉に、しばらく何と言って答えたらいいのかわからないまま、その場に立ちつくしていた。ご丁寧にも、草間は絵の下に貼られてあった紙まで持って来ていた。ぼくはそれを胸ポケットにしまい、とにかくこの場から出来るだけ遠く離れてしまおうと、両手で額に入った百号の絵を持ちあげて駈《か》けだした。

「こらこら、おぬしはそんなものを持って、どこへ行こうというのじゃ。怪しいやつ、ご用だ、ご用だ、神妙にせい」

有吉はぼくの落とした傘を拾い、追いかけて来てそう言った。ぼくは、そんな有吉の冗談に応じる余裕などなかった。何度も転びそうになった。とんでもないことになったと思った。草間と有吉は、ぼくのあとを走りながら、これ以上おかしいことはないというふうに、目に涙を浮かべて笑っていた。そのうち、ぼくもおかしくなってきて、路地から路地をじぐざぐに縫って走りながら笑いつづけた。ぼくは自分の仕草で、こんなにも人を笑わせたという記憶が他になかったのだ。息を切らせて立ち停まると、ぼくは絵を地面に置いて、

「おい、代わってくれよォ。腕がしびれてしもたがな」

と叫んだ。

「誰もひとりで運べとは言うてないやろ。志水が勝手に持って、泡食って走りだしたんや」

有吉がそう言い、

「志水、大丈夫か？　顔色が悪いぞォ」

と草間がぼくの顔をのぞき込んできた。もし〈じゃこう〉の経営者が警察に届け出たらどうしようという考えが、ぼくの頭の中をよぎり、とにかくこの人目につくお荷物をいっときも早く自分の家に隠してしまわなくてはならぬと思った。絵の上に雨粒がかかっていた。雨はまた強く降り始めようとしていた。ぼくの家は、大阪駅から環状線でひと駅行った福島というところだった。駅の近くの商店街の中で小さな文房具店を営んでいる。

「タクシーに乗ったら、すぐやないか」

草間が言うと、有吉は、男のぼくでさえ見惚《みと》れるほどきれいな横顔を傾けて、

「それより先に、これが絵であるということを隠してしもたほうがええなァ」

と言った。

「どうやって隠すんや？」

「新聞とセロテープを買《こ》うてきて、それで包んでしまおう。このままやったら雨に

濡れて、絵が傷んでしまうよ」

草間がぼくたちを待たせておいて、新聞紙とセロテープを求めるために、うどん屋や会計事務所や理髪店などの並ぶ通りを走り去ってしまうと、ぼくと有吉は道の端にたたずみ、重い金色の額縁に納められた大きな油絵に傘をさしかけた。

もしかしたらとぼくは思った。もしかしたら、絵の持ち主はあまりのことにあきれかえり、ただあきれかえるだけでそのまま警察に届けるのを忘れてしまいはしないだろうか。そうすれば、この絵はぼくのものになる。息が静まってくるとともに、ぼくの頬が火照《ほて》ってきた。ぼくは、雨の雫《しずく》の流れる「星々の悲しみ」を見つめた。するとく、五年前、二十歳の若さで死んだ嶋崎久雄という画家が、いったいどんな青年であったのかを知っているような錯覚に駆られた。

ぼくと嶋崎久雄とは遠い昔からの友だちで、ぼくは彼の絵が何もかも好きだった。健康に恵まれなかった彼は、二十歳になってすぐに重い病気にかかった。病床の中で、彼はしばしば高原の坂道を自転車でのぼって行く夢を見た。気持のいい汗をかいて、彼は気に入っている一本の巨木のところまでやって来ると、自転車を停め、胸元をはだけて木陰に寝そべった。まい日、そうやってうたたねをするのが楽しみだった。季節はいつまでたっても初夏のままで、肉体は最も溌剌《はつらつ》とした時期のままで衰えることはないのだった。彼は哀《かな》しいイリュージョンをそのまま一枚の絵に封じ込めて、宇宙の中に還《かえ》って行った。残された絵は、彼の遺志で、ぼくの手元に巡って来た。彼はあらゆるものの死をそのまま絵の題にしたのだ。星々の悲しみ、と。

ぼくの幻想を黙って聞いていた有吉は、雨に濡れてへばりついている前髪をかきあげ、

「星々の悲しみという言葉だけが、絵かきの頭の中にあったんや。そいつはその言葉が好きで、なんとかそれにふさわしい絵を描きたいと思ってた。そやけど、どんな絵を描いたらええのか見当がつけへんかった。そこで嶋崎久雄は、風が吹けば桶《おけ》屋《や》が儲《もう》かる式に、イリュージョンをつないでいったんや」

だが、ぼくの即興の物語も、有吉の思いつきの推理も、圧倒的な技巧の底に哀切と光輝とを充満させた一枚の油絵の前では、あまりにも幼稚で的外《まとはず》れだった。

帰って来た草間は、文房具店で買ってきたと言って、茶色の包装用の紙とガムテープを差し出した。雨の降りそそぐ道端で、ぼくたちは傘もささず、大きな絵を包装する作業に取り組んだ。額に入った絵を、そのまま雨に濡らしながらどこかへ運んで行く姿よりも、それはよっぽど人目をひく行為だったに違いない。

何台も空《から》のタクシーが通り過ぎて行ったが、ぼくたちは用心して、わざわざ遠く離れた大通りまで出た。そしてそこでタクシーを停めた。草間の提案で、ぼくたちは大阪駅でタクシーを降り、駅のコンコースを通って大阪中央郵便局の前まで歩き、

別のタクシーに乗り換えて環状線の福島駅まで行った。

「足取りをくらますんや」

と草間はぼくに耳打ちした。しかしぼくは、かりに絵の持ち主が警察に届け出た場合には、夜中にでもこそっと忍んで行って、〈じゃこう〉の階段の昇り口に絵を置いておけばいいと考えていた。どっちにしても、そんなにたいした問題にはならないだろうという気がしてきたのだった。それでぼくは陽気になり、口数も多くなった。

「俺、胸がわくわくしてきたなァ。この絵、ほんとに俺のものになったらええのになァって、高校生のときからずっと思てたんや」

ぼくは少し大袈裟《おおげさ》に嬉しがってみせた。

「三日も見てたら飽きてしまうよ」

有吉は自分ひとり傘に入って、遅れて歩きながら言った。

「おい志水、忘れるなよ。用事が済んだら返しとくこと。これがこの遊びの絶対のルールやぞォ」

「うん、わかってるよ。そやけど、どうやって返したらええ?」

草間の言葉に答えながら、ぼくはこれが遊びであるならば、あらゆる知恵を絞って、絵を〈じゃこう〉の店内の元の壁に返しておくことがルールなのだと思った。

「これを、元の場所に戻すのは、相当なテクニックがいるぞォ」

そうつぶやいてから、草間は片手で頭をかかえ込んで笑いだした。

商店街の中を歩いていると、和菓子屋の息子が白い作業衣のまま出てきて、ぼくに声をかけた。

「勉強してるか？　予備校に行ってるふりして、パチンコばかりやってるんやろ」

「まあ、そんなとこやな」

ぼくと高校の同級生で、同じ大学を受けたのだが落ちてしまい、両親に説得されて和菓子屋を継ぐための修業を始めたのだ。

「それ何や？」

ぼくと草間が二人がかりで運んでいる重そうな紙包みを見て、彼は言った。ぼくはそのまま歩いて行きながら、

「世紀の名画や。美術館で盗んできたんや」

と大声で答えた。ぼくの家は、短い商店街の真ん中にあった。美容院と時計屋とに挟まれた小さな文具店で、建ってから二十年以上たつ木造の家だったから、店舗の中は薄暗く、どう見ても最新の製品などは扱っていない、小中学生相手のさびれた文具店といった店構えである。銀行から少し融資を受けて、せめて店の中だけでも改築したらどうかと、ぼくは父に言ってみるのだが、「そのうち、そのうち」と

答えるだけで、いっこうに実行しようとしないのだ。

店の奥の丸椅子に母が坐って新聞を読んでいた。

「何を持って帰って来たんや？」

「絵や。友だちに貰《もろ》たんや」

それから、ぼくは母に有吉と草間を紹介した。ぼくの友だちが来ると、母はきまって、店と座敷を仕切っているカーテンを閉め、色褪せた畳とか、古ぼけた家具とか、たてつけの悪い破れた障子とかをのぞかれないようにしてしまう。そのくせ相手が本当に帰りたがって辞退していても、強引に座敷に招き入れて、羊羹《ようかん》とかカステラを食べきれないくらいぶ厚く切ってすすめるのだ。母はいったん慌てて閉めておいたカーテンを勢いよくあけて、草間と有吉に、

「汚ない家ですけど、遠慮せんとあがってちょうだい」

と言った。

「あけるぐらいやったら、初めから閉めなんだらええやないか」

「そやけど、ちらかってるさかい、格好が悪いがな。きょうは朝からばたばたして、掃除もしてませんねん」

母は二人に弁解するように言って、奥の台所に入って行った。

「羊羹なんか食べへんでェ。コーラかジュースを持って来てんか」

ぼくは母にそう言うと、二階の自分の部屋に二人を案内した。狭い階段なので、絵を運びあげるのはひと苦労だった。ぼくの部屋は通りに面した六畳の間で、つまり下の店の真上にあたる場所だから、客との応対がじかに響いてきて、朝などゆっくり寝ていられない。裏通りに面した四畳半は比較的静かなのだが、ことし高校二年生になった妹が使っている。兄妹のうちどっちが、静かな四畳半を使うかで争いになったのだが、商店街を挟んだ真向かいのうどん屋の二階が従業員の寮になっていて、住み込みの店員たちが最近めっきり女っぽくなってきた妹に、窓越しに卑猥《ひわい》な言葉を投げたりするので、母は心配してぼくに折れるよう命じたのだ。

「へえ、川がいっぱい流れてるやないか」

と部屋に足を踏み入れた有吉が言った。ぼくの部屋の壁には、川の写真がたくさん貼りつけてあった。テムズ川、セーヌ川、ガンジス河、アマゾン河、アラスカの草原を蛇行して流れる小さな名もない川……。反対の壁には勉強机と本棚、それにステレオデッキと大きなスピーカーが窮屈に並べられている。天井にはアメリカのアイビーリーグのペナントやら、人気モデルの水着ポスターやら、いつの日か行ってみたいと思っている北欧の地図やらがひしめいていて、百号の油絵を飾る場所はどこにもないのだった。

「さすが読書家。この文庫本の数を見よ」

本棚に入りきらず、机の横に積みあげてある文庫本を叩きながら、草間は声を張りあげた。

「さわるな、さわるな。慣れんやつがさわったら、崩れ落ちるがな。この本が倒れたら、その振動で本棚は倒れるし壁は落ちるし、連鎖反応で床まで抜けてしまうかもしれん。とにかく崩壊寸前の家なんや。歩くのも静かに歩いてくれよ。坐るときも、そおっと坐るんやぞォ」

「そやけど、どこに絵を掛ける？　この写真をはがそうか」

有吉は、ぼくがあちこちのポスター屋を捜し廻ってみつけだして来た川の写真に手をかけた。

「あかん、あかん。それは俺の大事な宝物やがな。それだけははがしたらあかんのや」

ぼくは畳の上にあぐらをかき、両手で絵を支えたまま叫んだ。

「こんな川の写真が、なんで宝物やねん。この『星々の悲しみ』とくらべたら、クズ同然やないか。いまはとにかくここに絵を掛けて、川の写真は丸めてどこかにしまい込んどけよォ」

「……うん、そうやなァ」

ほかに方法がなさそうなので、ぼくは有吉の言葉に従って、五枚の大きな川の写真をはがしていった。机の中を捜して止め金をみつけだすと、それを壁板にねじ込み、包み紙をほどいて絵を取り出し、三人がかりでそこに掛けた。題と作者名を記した紙を胸ポケットから出して、絵の下に押しピンでとめた。

階段を駆けあがってくる振動で、部屋が揺れた。この家で、壊れかかっている階段を走りのぼってくる者といったら妹の加奈子しかいなかった。妹はいったん自分の部屋に入ってから、人の気配を感じたのか、襖《ふすま》の向こうから声をかけてきた。

「お兄ちゃん、帰ってるの？」

「うん。凄いものを見せてやるから、ちょっと入ってこいよ」

顔が入る分だけ襖を開いて、加奈子はぼくの部屋を覗き込み、見たことのない二人の男に気づくと、とっさに取りすました表情で、こんにちはと言った。

「おい、この絵、凄いやろ」

加奈子はちらっと絵に目を走らせただけで、無言で襖を閉めると、自分の部屋に姿を消してしまった。

「なんや、あいつ。兄貴の友だちにちゃんと挨拶《あいさつ》もしよれへん。徹底的にしつけをしなおさんとあかんがな」

ぼくがそう言うと、

「俺、志水と友だちになってよかったなァ。あんな可愛い妹がいてるとは、想像もしてなかったよ」

草間は有吉の背をどんと叩《たた》いて表情を崩した。

「前歯がぴょこんと大きくて、うさぎちゃんみたいやなァ」

有吉の声は大きかったから、きっと加奈子に聞こえただろうとぼくは思った。加奈子はうさぎに似ていると言われるのが、いちばん嫌いなのだった。しばらくすると、加奈子がコーラの入ったコップを盆に載せて入って来た。セーラー服を脱いで、ブルーグレーのトレーナーに白い綿のスラックスという取り合わせに着替えていた。ぼくが有吉と草間を紹介してやると、畳の上に正坐してきちんと挨拶をした。薄桃色の頬が上気していたし、わざわざお気に入りの普段着に着替えてきたところを見て、ぼくは思わずにやっと笑ってしまった。加奈子はぼくの笑いを見ると慌てて壁に掛かっている絵のほうに目をそらせ、

「これ、どうしたん?」

と訊いた。

「ぼくが描いたんです」

草間が真顔で言った。

「こんど初めての個展をひらくので、そのために描いたうちの一点です。完成するのに一年もかかりました」

「……へえ」

絵と草間の顔とを交互に見較《みくら》べている加奈子に、有吉が微笑みかけて言った。

「嘘ですよ。本当はぼくの作品です。浪人のくせに勉強もせんと、こんな道楽をやってるので、たぶん来年も受験に落ちるやろなァって思ってるんですよ」

絵の下に押しピンでとめてある紙にじっと見入ってから、

「そしたら、二人とも、もうじき死ぬんですかァ？」

と加奈子が叫んだので、

「いや、ぼくは医者になるんです。死んだりなんかしませんよ」

草間は真面目くさって答え、

「ぼくも死にません。将来何になるかまだ決めてないけど、二十歳で死ぬわけにはいきません」

有吉も坐りなおして、おどけた口調で言った。加奈子は子供の頃から、何でもないときに突然はにかんで、いまにも泣き出しそうにうつむいてしまう癖があったのだが、そのときも訳もなく赤らんで、逃げるように部屋から出て行ってしまった。

「ちょっとからかいすぎたかな？」

有吉が心配そうに言った。

「あいつ、恥ずかしがりややからなァ。けったいなことで、すぐに真っ赤になりよるんや。とにかくあの年頃の女は訳がわからん。気持の悪い生き物やから気にせんでもええんや」

有吉と草間は、それから一時間ほどして帰って行った。駅まで送って行ったぼくは、帰り道、雨あがりのアスファルトに目を落として歩きながら、二人と知り合って、まだ五時間もたっていないことに気づいた。

それからの数日間、ぼくは新聞に丹念に目を通した。〈じゃこう〉という喫茶店から絵が盗まれたという記事は、どの新聞にも載っていなかった。だが新聞に載らなかったからといって、盗難届けが警察に出されなかったことにはならないのだから、ぼくは図書館への行き方を、それまでとは別のコースに変えることにして、あるときは御堂筋を淀屋橋まで真っすぐに、あるときはわざわざ桜橋から四つ橋筋に出て堂島川沿いに府立図書館へ迂回《うかい》する道をと、用心して選んでいった。

犯人は必ず現場に戻って来るという言葉が、いかに的を射たものであるかをぼくは知った。ぼくは何度も、何食わぬ顔で〈じゃこう〉の窓際の席に坐り、「あれ？あそこに掛かってた絵、どうしたんですか？」と訊いてみようと思ったか知れない。その衝動を抑えるのにかなりのエネルギーを費やして、ぼくは図書館の静まり返った閲覧室に坐っていても、ただページを繰るだけで、いったいいまどんな小説を読んでいるのかわからない状態におちいっていることが多かった。

有吉と草間は、週に一度くらいの割合で、ぼくの家に遊びに来た。ぼくは相変わらず受験勉強を放擲して小説を読みふけっていたが、二人は毎日予備校に通い、自分のたてたスケジュールにそって勉強をつづけていた。とりわけ草間の勉強ぶりはぼくを驚かせた。彼は六月に入ってからは、一日の睡眠時間を四時間に削って、苦手な科目に挑戦しているのだと言った。

「せめて六時間は寝るようにせんと、体をこわしてしまうぞォ」

「うん、夏になったらそうするつもりや。この一年間のために、俺は高校時代ラグビーで体を鍛《きた》えといたんや」

草間はがっしりした体のあちこちを掌で叩いて、胸を張った。草間の父は小さな会社の課長で、兄妹も多かったから、私大の医学部に入る余裕などないのだった。

「俺が大学に通ったら、加奈ちゃんを映画に誘ったりしてもええやろ？　兄貴の承諾を得とかんとあかんからなァ……」

草間はそう言って、にやにや笑っている有吉を横目で睨みながら頭を搔《か》いた。ぼくは、加奈子が有吉に夢中になっていることを知っていたが、

「希代の大泥棒が気の弱いことを言うなよ。あんなうさぎ一匹を盗んで行くぐらい、草間にとったら朝飯前の仕事やないか」

と古ぼけた回転椅子に坐って、くるくる廻りながら言った。有吉が畳に腹這《はらば》いになり、腰を揉《も》んでくれとぼくに言った。有吉がそう言うのは、きょうぼくの部屋を訪れてもう三回目だった。

「またかよ。爺《じい》さんみたいなやつやなァ」

ぼくは有吉の尻の上にまたがり、両の掌で腰骨の上を圧《お》した。有吉はぼくに腰を揉ませておいて、ＦＭ放送のスイッチを入れた。

「加奈子のどこがええのかなァ。そらまあ俺の妹やから可愛らしいとこもあるけど、生意気で、本気で張り倒してやろうかと思うときもあるんや」

「生意気なところなんて露ほども感じられんなァ。ただただひたすら可愛くて初々《ういうい》しい。加奈ちゃんが、男女共学の高校に行ってるのかと思うだけで、俺の胸は張り裂けそうになるなァ。おい志水、もし俺以外の男から電話がかかってきても、絶対に加奈ちゃんに取りついだらあかんぞォ」

ぼくはふと、図書館で見た女子大生らしい娘のことを思い出した。もう二ヵ月以上たっていたが、ぼくはあの日以来彼女とは逢うことが出来なかった。彼女の読みさしの「復活」は、結局ぼくが書架から取り出して、読み終えてしまっていたのだった。草間は窓のところに頬杖をついて商店街を見おろし、

「加奈ちゃんはどこで寄り道をしてるのかなァ。もうじき五時になるやないか」

とつぶやいた。それからＦＭ放送から流れてくるボサノバのリズムに合わせて口笛を吹いた。

「志水、いつまで図書館にもぐり込んで本ばっかり読んでるつもりやねん。そろそろ腰をあげんと来年もＳ大に入られへんぞォ」

有吉がそう言ったので、ぼくは彼の背中を拳《こぶし》で突いて、

「それより、お前はいつまで俺に腰を揉ませる気や」

と言った。

「このごろ、いやに腰がだるいんや。もう一週間ぐらいずっとつづいて、ぜんぜん治らへん」

有吉は起きあがり、あぐらをかいたまま、何度も腰をねじったり、曲げたりしていた。それから、草間に向かって、帰ろうかと声をかけて立ちあがった。そのとき、加奈子が学校から帰って来た。上がり口に並べられた靴を見て、加奈子はすぐに有吉と草間が来ていることに気づいたらしく、足音をたてずに、いやにしとやかぶって階段をのぼってくる音が聞こえてきた。急に緊張した顔つきになった草間を見て、ぼくは、有吉に逢えるというただそれだけのことで、心臓をドキドキさせているだろう加奈子の上気した頰を思った。

加奈子は襖をあけて、いつものように挨拶をすると自分の部屋に入って行った。

草間は加奈子と話がしたいようだったが、有吉が帰りたがったために、しぶしぶ腰をあげた。

「うわあ、珍しい。きょうは早く帰るんですね」

何気ない口調で、自分の部屋から顔を出して加奈子がそう言ったので、ぼくはなんだか急に妹の恋がいじらしくなり、同時に草間の片思いがひどく可哀そうなものに感じられた。ぼくと草間が階段を降りていると、有吉が部屋に忘れ物をしたと言って戻って行った。ぼくはそのまま階段の途中で立ち停まり、何気なく上を見やった。そのとき、すれちがいざまに、有吉が加奈子の掌に何か紙きれみたいなものを握らせたのを見た。

ぼくは知らんふりをして階段を降りたが、有吉に対して不思議な憎しみを感じた。有吉の態度が、いやに物慣れた、落ち着きはらったものに見えたからだったし、ぼくの家に来る前から、わざわざ加奈子に手渡すための紙きれを用意していたことに、有吉の持っている自信の片鱗《へんりん》がうかがえたからだった。それにだいいち、妹はまだ高校二年生ではないか。

夜、ぼくは長いあいだ、「星々の悲しみ」に見入った。商店街のあちこちでシャッターの降ろされる音が響いてきた。ぼくはこれまで幾度も、ひとりの薄命だった青年の遺《のこ》した一枚の油絵を眺めつづけたが、その夜くらい鮮明に、麦わら帽で隠れている人物の顔が心に映った夜はなかった。風呂からあがった加奈子が、パジャマ姿のまま、ぼくの部屋を覗き込み、念入りに磨いてきた前歯を指でこすってきゅっきゅっと鳴らした。

「何や、それ。気持の悪い音をたてるなよ」

「お兄ちゃんなんか、こんなに丁寧に歯を磨いたことなんかないでしょう。指でこすって、こういう音が出るくらい磨かんと、歯は白くならないのよ」

加奈子は、ぼくの耳元に顔を寄せて、もう一度指で前歯をこすった。

「やめとけよォ。俺はそういう音がいちばん嫌いなんや」

ぼくは、妹の風呂あがりの横顔を見て、きっと生まれて初めてだったに違いない烈《はげ》しいときめきの余韻を思い、有吉という男に対する嫌悪感が再び心に拡がってくるのを感じた。あんな色男の見本みたいな顔つきの男に、妹をおもちゃにされてたまるものかと思ったのである。有吉からそっと手渡された紙きれに、いったいどんな甘言《かんげん》が書かれてあったのか、ぼくは加奈子の口から聞き出してみようと思ったが、日ごろ滅多にぼくの部屋に入ってこない妹が、今夜にかぎっていっこうに出て行こうとしないことで、ぼくはそのまま口をつぐんでしまった。

「この絵、よっぽど好きみたいね。私はもっとぼんやりした絵が好きやなァ。こんな悲愴《ひそう》な絵、長いこと見てたら胸が詰まってくるわ」

「……へえ、悲愴かな」

「悲愴よ。可哀そうよ。この人、木の下で死んでるんでしょう？」

ぼくはがっかりして回転椅子を廻し、妹に背を向けると言った。

「お前の頭はせいぜいその程度や。ええからもうあっちへ行けよォ」

「あれっ、死んでるのと違うのん？」

「アホ！」

加奈子はパジャマの上着をまくりあげ、みぞおちのあたりを爪で掻きながら、絵に近寄ったり離れたりして見つめていたが、

「私、やっぱり、自分の死んでる姿を描いたんやて思うなァ、この嶋崎久雄って人は」

そう言い残してぼくの部屋から出て行った。ぼくは「受験必須英単語集」を出して、ノートの上に置いた。最初の予定では、六月中にEの項を終わっているはずだったが、まだBの部分の真ん中あたりにしか進んでいなかった。

ぼくは単語集を目の前に置いたまま、スケジュールを一からたて直した。四月からの三ヵ月間を棒に振っていたから、すべての科目の進め方を、これから三割がた早めなければならなかった。ぼくは、小説を読むことにも、「星々の悲しみ」に眺め入ることにも、あまり興味を感じなくなっていたが、また突然どういうふうに心

が変わっていくか知れたものではなかった。「自分の気持どおりにしか生きられない人と、私はおつきあいをしたいとは思いませんね」というセリフを、何かの戯曲の中で読んだことがあったが、ぼくはまさしくそんな人間であるに違いなかった。勉強をしなければならないときがくると、きまってどうしようもなく小説を読みたくなったし、読書に疲れてくると、単語集や数学の参考書に心を移してしまうのである。つまりノルマから絶えず逃げていたい人間で、努力するための努力すら出来ない性格であるらしかった。

来年、入試に失敗したら、ぼくは大学進学をあきらめて、きっとどこかの町工場あたりに就職するしか方法がなくなるだろうと思った。父はまだ五十前で、隠居する歳ではないし、店もぼくが手伝わねばならぬほど繁盛している訳ではなかったからだ。ぼくは周期的に襲ってくるいつもの絶望感に包まれて、もうだいぶ手垢《てあか》で汚れてしまったノートの終わりのページを開いた。四月の末から図書館で読んだ本の題名が順番に書き込んであり、ツルゲーネフの猟人日記から始まって合計四十六篇の小説を読んだ記録が残っていた。うんざりするような長篇もあれば、プーシキンやモリエールの短篇もあった。

電気スタンドを消して、ぼくは窓から夜空をあおいだ。月は丸く、星もたくさん光っていた。都会の夜には珍しい、澄んだ空気の状態が、ほんのいっとき拡がっているみたいだった。そのとき、ぼくは和菓子屋の息子が中学生のころ、星の観察に凝《こ》って、高価な天体望遠鏡を物干し台に据《す》えつけていたのを思い出した。窓から身を乗り出して筋向かいの〈菊屋〉の二階をうかがうと、まだ明かりが灯《とも》っていたので、ぼくは足音を忍ばせて階段を降り、人通りのない暗い商店街を歩いて行った。〈菊屋〉とその隣の靴屋とのあいだに狭い通路があり、その奥に〈菊屋〉の裏口があった。ぼくは裏口のインターホンを押した。うまい具合に息子が出て来た。

「俺や。志水や」

「何やねん?」

「おい、勇、天体望遠鏡、いまでも物干し台に置いてあるかァ?」

勇はパジャマ姿のまま裏口から出て来て、

「天体望遠鏡なんか、何に使うねん?」

と迷惑そうに訊いた。

「すまんなァ。もう寝てたんかァ?」

「職人は朝が早いんや」

「お前の天体望遠鏡、ちょっと貸してくれよ」

「物置にしまい込んである。奥のほうに入ってるから、出されへんぞォ」

勇はそう言いながらもぼくを家の中に招き入れて、仕事場の奥の物置に案内してくれた。

「きょうは星がきれいぞォ」

ぼくが言うと、勇は物置の中を捜しながら、

「星はいつでもきれいがな」

と機嫌の悪そうな声で答えた。そして、埃《ほこり》だらけのダンボール箱を運び出してきた。ぼくはその大きさと重量に驚いて、

「これ、組み立てるのは大変やなァ」

と言った。

「単語を暗記してたら、何やしらん憂鬱《ゆううつ》になってきて、星でも眺めてみたいと思たんや。勇は、とにかく星にかけては専門家やからなァ」

「自分で言うのも何やけど、星のことなら知らんことはないでェ。人間が見られる星という星は、全部俺のここにある」

勇はパジャマの上から胸を叩いた。いつも眼鏡をずらしぎみにして、その奥で三白眼を絶えずまばたかせている勇の顔が、そのときだけ、いやに凛々《りり》しく見えた。ぼくは、天体望遠鏡を組み立てて、物干し台から星を眺めさせてくれとせがんだ。

「お前、もう十二時前やぞォ」

勇はそう言いながらも、手を真っ黒にさせて、望遠鏡を組み立てた。ぼくと勇は、

組みあがった大きな望遠鏡を二人でかついで、物干し台にのぼった。

「もう長いこと、星なんか見たことないなァ」

と勇はつぶやき、ぼくに煙草をくれるよう促した。それから、くわえ煙草でレンズを覗き込み、ピントを調節して、ぼくに代わってくれた。

「真ん中に光ってるのが、さそり座や。その下のほうのがヘラクレス。どっちも夏の星座でなァ、そろそろ出かかったころやけど、きょうはえらいはっきり見えてるがな」

「へえ、季節によって出てくる星が違うんか？」

「そらそうや。宇宙は動いてるんやぞォ。妙《たえ》なるリズムとともに限りなく変転してる」

望遠鏡を動かして、勇はまた別の星座に焦点を合わした。ぼくはその夜初めて、手の届くような場所に、冷たい冴《さ》え冴《ざ》えとした宇宙の輝きを見たのだった。

「あれが、白鳥座。別名を北十字星と言う。それから、ほれ、そこにうっすら膜がかかったみたいに流れてるやつ、あれが天の川や。あの川をへだてて、わし座と琴座が向かい合ってるやろ」

ファインダーを覗き込んでいるぼくに顔をひっつけてくると、勇は、いくら説明しても教えられた星のありかをみつけだせないでいるぼくの頭をまどろこしそうにこづいて、早口に、しかも熱っぽく説明してくれた。琴座の中の首星ヴェガが織女《しょくじょ》と呼ばれ、わし座の首星アルタイルが牽牛《けんぎゅう》で、七月七日に天の川を渡って年に一度の逢瀬《おうせ》を楽しむこと。さらにはレンズの中に煌々《こうこう》と浮かんだ星々の、それぞれ異った寿命やら光の強さやら、もはやどんな強力な天体望遠鏡ですらとらえることの出来ない、はるか彼方の無限の星の数と星雲の大きさ。

ぼくは時間も忘れて、望遠鏡にしがみついていた。

「さびしいもんやなァ」

ぼくは心からそう感じてつぶやいた。

「うん、さびしいもんやろ」

勇も同じようにつぶやいて、それきり黙ってしまった。望遠鏡から離れ、物干し台の手すりに凭《もた》れて、勇に教えてもらった白鳥座の周辺を見つめ、広大な十字形の上に鳥の姿を思い描きながら、ぼくはちっぽけな地球の一角で饅頭《まんじゅう》を作っている勇のことを思い、しあわせな眠りにおちているであろう妹のことを思った。さらには、ネオ・ルネッサンス風の、年代物の図書館の書架に眠るまだ読んでいない無数の小説のひとつひとつが、ぼくの視界の及ばないところでひそんでいる星々のきらめきと同じものに思えてきたのだった。

長い梅雨があけて、八月の半ば近くになっても、有吉の腰のだるさは治らなかった。ぼくはそのことを、気晴らしにぶらっと図書館にやって来た草間から教えられた。

「腰が重とうて、もうじっとしてられへん言うて、家に帰ってしまいよったんや」

「俺も運動不足で、背中とか腰がだるいときがあるよ。あいつもこのごろ、えらい頑張りだしたから、疲れが出てるんや」

草間とぼくは、図書館の二階にある食堂に行き、ざるそばを食べた。草間も何度も欠伸をして、顳顬《こめかみ》を親指で揉んだ。

「あーあ。せめて二日か三日でええから、海へ行って泳ぎまくって、ゆっくり寝てみたいなァ」

と目をしょぼつかせて言った。そして、ざるそばを頬張ったまま、手にした箸《はし》でぼくの目の前に何か字を書きながら、

「いや、このたった二、三日があかんのや。たった二、三日が十日になり一ヵ月になり、そのうち丸一年間なまけてしまうきっかけになる」

それはそのまま、いまのぼくにあてはまる言葉だったから、ぼくは話題を変えようとして、箸で何を書いていたのかを訊いてみた。草間はおどけた表情で、

「加奈子、加奈子て書いてたんや」

と言った。

「お前、そんなに俺の妹に惚《ほ》れてるのか？」

「うん、有吉もあきれ返っとったわ」

「加奈子のどこがええんや？」

「俺は先見の明があるんやぞォ。いまは可愛いうさぎの子やけど、もっとおとなになったら、加奈ちゃんは凄くきれいになる。それに、性格にふっくらとしたところがある。どことなく、ふくよかなところがあって、俺はそこが気に入ってるんや。あれは持って生まれたものやろなァ」

「……そうかなァ」

草間のそんな気持を承知のうえで、加奈子に付け文なんかした有吉の冷淡さが、ぼくはまた腹立たしくなってきて、たれの中でいっこうに溶けようとしないうずらの卵を箸でかき廻した。食堂は混んでいた。木のテーブルには、何年にもわたって沁《し》み込んだ麺類《めんるい》の汁の匂いがこびりついていた。

「なァ、草間、来年のK大の医学部、通りそうか？」

するると、草間は七、三に分けた硬そうな頭髪を掌で撫《な》でつけて、

「有吉はほぼ間違いなく通るやろけど、俺は危ないとこやろなァ。こないだの模擬試験、有吉のやつ、うちの予備校の医学部コースで二番目の点数やった。俺は十九

番目、確率としては六十二パーセントの合格率と出たよ。ほんとやったら、有吉はことしストレートでK大の医学部に入ってるとこやったんや。高校で三年間を通して五番以下に下がったことなんかなかったんや。数学で一問、ちょっとした勘違いをやったらしい。しのぎを削る試験やから、十点程度の失点が命取りになるからなァ」

ぼくは予備校にはまったく顔を出していなかったから、有吉がそんなにいい成績であることを知らなかった。

「あいつ、将来何になるかきめてないなんて加奈子に言うてたやないか」

「有吉のポーズや。あいつ、中学校のときから、医者になるつもりで勉強してきたんや」

「男前で秀才で、……俺はどうもそういうやつは苦手やなァ。だんだん有吉に敵意を持ってきた」

「あれでちょっと抜けてるところもあって、なかなか人間味のあるやつやぞォ」

草間はいかにもまずそうな顔つきで、ざるそばのたれを全部飲み干して微笑んだ。

食堂はセルフサービスだったから、カウンターのところに長い列が出来ていた。ぼくはその列の中に、例の女子大生らしい娘が並んでいるのを見て、慌てて草間にささやいた。

「あいつや、あいつや、あの水色のノースリーブや」

草間はぼくの話を覚えていたらしく、煙草を吸いながら、ときおり振り返って様子をさぐっていたが、娘がざるそばを持ったまま立ち停まって席を捜しているのを見ると、大声で、こっち、こっちと叫んで手を振った。彼女が不審げに草間を見つめたので、ぼくも仕方なく手を振ってみた。初めて図書館にやって来た日以来、一度も顔を合わしていなかったが、彼女の記憶の中にどうやらうっすらとぼくのことが残っていたらしく、傍に近づいてあいまいな会釈を返してきた。

「どうぞ、どうぞ、詰めたら坐れますから」

と草間が言った。だが彼女はぼくたちの席からかなり離れた場所に自分の坐る空間を捜し出し、そこで背を向けてざるそばを半分ほど食べると、歯牙《しが》にもかけない素振りで食堂を出て行った。

「振り向いてもくれない」

とぼくはつぶやいた。草間も口元に出来たにきびに指先で触れながら、

「それでも、ちゃんと背中で物を言うとったがな」

と言った。

「大学生になってから、またおいで」

「俺が浪人やいうこと、知ってるんやろか」

「顔を見たらわかるよ」

草間も帰って行き、広い混雑した図書館の中でひとりになってしまうと、ぼくは建物の隅の細い階段の途中に立ち停まって、閉めきった小窓から鳩を見つめた。首のうしろにあせもが出来、それがスポーツシャツの衿《えり》にすれて痛かった。ぼくは初め、本が読みたくて図書館にやって来、さっきの女子大生風の娘にひと目惚れして、あわよくばという下心で通いつづけるようになり、そのうち本気でロシア文学とフランス文学に耽溺《たんでき》し、まったく予備校にも行かずにずるずる八月を終えようとしていたのである。

ぼくは計画性というものをまったく持ち合わせていない人間であると同時に、情熱に惑わされる純粋性すら欠落している人間であるらしかった。まい日、夜になると勉強のスケジュールをたて直したが実行することはなく、架空の物語と人物に数多く遭遇したが、一篇の小説すら自分で創《つく》り出してみようとは思わなかったからだ。ぼくはその夏、海にも冷房のきいた映画館にも行かず、図書館の片隅で、フィリップの「ビュビュ・ド・モンパルナス」とスタンダールの「パルムの僧院」を読んだ。活字を追うスピードが落ちたのは、暑さと不安のせいだった。

読書に、ある種の歓《よろこ》びと充実を感じるようになったのは、九月に入ってからだった。そしてちょうどそのころ、ぼくは有吉が腰の病気で入院したことを知った。腰の中心部に集まっている神経の病気らしく、草間は電話口で何やら難しい病名を言った。ぼくはデパートの食料品売り場をさんざん歩き廻ったあげく、結局メロンを一個お見舞いに買って、草間との待ち合わせ場所へ急いだ。草間も同じように、メロンがひとつ入った箱を持って待っていた。

「こんなときでもないと、こういう贅沢《ぜいたく》な果物を腹いっぱい食えるチャンスはないからなァ」

と草間は言った。

ぼくたちは、暑い日差しの中を歩いた。桜橋から出入橋まで行き、交差点を左に折れて堂島川のほうへ十五分ばかり行くと、川沿いに大学の付属病院が見えて来た。日陰はひんやりしていたが、直射日光はまだ夏のもので、草間の鼠色《ねずみいろ》のポロシャツの背が汗で黒ずんでいた。有吉は六人部屋の、いちばん奥のベッドにいた。そこからは川が見え、淀屋橋へつづいていくオフィス街のにぎわいが眺められた。

「親父が、病気のときは神経を使うな、もう一年浪人をしてもええから、いっさい勉強はしたらあかんて言いよるんや。来年落ちたら、家の運送屋を手伝わせるて言うとったのに、えらい変わりようや」

有吉はベッドの横の台に積んだ十数冊の参考書を足の甲で軽く押すと、

「こんなしょうもない腰の病気で、また一年間を棒に振ったり出来んよ。来年は滑り止めに、S大の医学部も受けることにした」

そう言って笑った。

「S大なら、勉強せんでも通るでェ。有吉の実力やったら百パーセント合格やがな」

草間の言葉をついで、ぼくは何か励ましになるようなことをと思い、

「優秀な医者になるには、自分も多少は病気を経験しといたほうがええんや。病人の気持がちゃんとわかるがな」

と言った。そして、どんな具合なのか症状を訊いた。有吉は体の向きを変え、腰の真ん中を押さえて、ここに鉄の玉が詰まっているみたいな感じなのだと説明した。

「一種の神経痛みたいなもんらしいけど、ちゃんと治療しとかんと、一生の持病になってしまうそうや」

それから、長く伸びた頭髪の乱れをなおしながら嬉しそうにささやいた。

「おい、医者はカッコええぞォ。患者にも看護婦にも、もう絶対的な優位に立ってる。こんなええ職業はほかにない。ただ、想像以上の肉体労働やから、体を鍛えとかんとあかんぞォ」

ぼくは病院を出ると草間と別れた。草間は受験勉強があったし、ぼくはカミュの

小説のつづきを読まなくてはならなかったからだ。別れしな、草間は不思議そうな顔つきで言った。

「お前、何のために、そんなに意地みたいに本を読んでるんや？」

ぼくは答えようがなかったから、苦笑いを浮かべて手を振ると、川沿いの道をとぼとぼ歩いて行った。

ぼくと草間は九月末と十月の半ばにも有吉を見舞った。薬の副作用で下痢がつづいているらしかったが、有吉の様子に変わったところは見られなかった。ところが、十一月十日、四度目の見舞いにひとりでおもむいたとき、ぼくは有吉の病状が尋常なものではなかったことを知った。

十日ほど前に移ったとかで、有吉は病棟の端にある個室のベッドに臥《ふ》していた。たったひと月足らずのあいだで、有吉は変わり果ててしまっていた。顔はふたまわりほど小さくなり、膝《ひざ》から下がむくんでいた。薄い胸の下に膨《ふく》れた腹があった。ぶ厚い蒲団《ふとん》を掛けてあっても、有吉の体の異常さがうかがえたのである。

付き添っていた母親は、ぼくが病室に入ると、ちょっと売店に用事があるからと言って出て行った。ぼくは言葉を喪《うしな》って、早々に退散するきっかけをみつけだそうと落ち着きなく椅子に腰かけていた。晩秋の夕暮が落ちて来ていた。有吉はあおむけに寝て、首を窓に向けたまま、ぼくに話しかけようともせず、じっと暮れなずむ

空に目を向けていた。ぼくが何か喋《しゃべ》らなくてはならぬと思い、言葉を選んでいると、

「きのう、草間が来たよ」

有吉は顔をそむけたまま聞き取りにくい声で言った。

「俺、何をやっても、あいつには勝たれへんような気がしてたけど、やっぱりそうやったなァ」

「草間のやつ、俺の妹に気があるんやけど、妹はお前のことが好きなんや」

「……俺は、犬猫以下の人間や」

ぼくは驚いて、臥している有吉の耳から顎《あご》にかけての翳《かげ》を見つめた。

「なんで、そんなことを言うんや？」

有吉はそれには答えず、深いため息をついた。有吉が窓の向こうから目を離さないのは、顔を見られたくないからかも知れないと思い、ぼくは立ちあがってドアの横の小さな鏡に自分を映した。ぼくは何かに祈りたかった。俺は犬猫以下の人間やと有吉がつぶやいたとき、ぼくは烈しい恐怖と憂愁に、夕暮の彼方から手招きされているような気持に包まれたのだった。逃れようのない決定的な絶望に勝つためには、人間は祈るしかないはずだった。ぼくが立ちあがったのは帰るためだと有吉は思ったらしく、初めて顔を向けて、

「またな」

と言った。ぼくがぼんやりと立ちつくしていると、有吉はもう一度、

「またな」

と言って、笑った。

有吉はそれから二十日後の、十一月三十日の明け方に死んだ。死んでから、ぼくと草間は、有吉の腸が癌《がん》にやられていたことを知った。手遅れの癌で、両親は最期《さいご》まで誰にも真相を明かさなかったのである。


自分が、いままさに死にゆかんとしていることを知らないままに死んでいく人間などいないと、ぼくは思う。そうでなければ、人間が死ぬ必要などどこにもないではないか。人間は、そのことを思い知るために、死んでいくのだ。

有吉の死後、ぼくが読書すら放擲して考えつづけたことは、それだった。だが何のために、そんなことを思い知らなくてはならないのか、ぼくにはわからなかった。それを考えると、なぜかぼくは何かに祈りたくなるのだった。

有吉が死んでからは、ぼくと草間とは疎遠になった。草間はその猛烈な勉強ぶりにいっそう拍車をかけ始めたし、ぼくはぼくで、ある新しい熱情に駆られて小説に読みふけるようになったからだ。その熱情とは、すでにとうの昔にこの世からいなくなった多くの作家たちが、生きているときに何を書かんとしたのかを知りたいと

いう願望だった。

死人が小説を書けるはずなどなかったから、ぼくが捜し出そうとしていたことは馬鹿げたお遊びに近かった。だが、その馬鹿げたお遊びは、有吉の死がぼくに与えた後遺症だったのだ。ぼくはまもなく後遺症から立ち直り、あらゆる物語を〈死〉から切り離して考えるようになった。すべては〈死〉を裏づけにしていたが、〈死〉がすべてである物語は存在しなかったからである。

寒い朝、ぼくは草間からの電話で起こされた。

「新聞に、あの絵のことが載ってるぞォ」

と草間は言った。ぼくは電話を切らずに、そのままにして階段を降りて茶の間に行き、父が読んでいる新聞をひったくって二階に駈けのぼった。ぼくの家の新聞には、どこを捜してもそれらしい記事は載っていなかった。ぼくは草間の手にしている新聞名を訊くと電話を切った。服を着て、その上から防寒コートを羽織ると、ぼくは自転車を漕《こ》いで環状線の駅まで行き、新聞を買った。それほど目立つ記事ではなかったが、〈消えた幻の名画〉と見出しがついたコラムが目に入った。ほかの二、三種類の新聞も買ってみたが、記事の載っているのは草間の教えてくれた一紙だけであった。

ぼくはコートのポケットに新聞を突っ込むと、大急ぎで自転車を走らせて家に帰り、自分の部屋で改めて記事に見入った。それは事件としてではなく、ちょっとした町の話題として載せられたもので、ある日忽然《こつぜん》と誰かに持ち去られてしまった百号の油絵の由来が紹介され、持ち主の談話が簡単につけ足されていた。〈じゃこう〉の店内から絵を盗み出してから、すでに八ヵ月がたっていたから、まさかいまごろになって新聞ざたになろうとは思いもかけないことだった。

嶋崎久雄は、幼いころから腎臓を病み、長い闘病生活の果てに逝《い》った青年だった。多くのデッサンとペン画が残っているが、油彩の大きな作品としては、盗まれた「星々の悲しみ」があるだけだと記事には書かれてあった。〈じゃこう〉のオーナーでもある高岡漢方薬店の主人の遠縁にあたる関係から、喫茶店の壁に展示してあったものだった。絵のことはよくわからないが、喫茶店の客の中には、「星々の悲しみ」のファンも多かったので、何とか手元に返って来てくれないものかと思っている、と持ち主は語っていた。

ぼくは記事を読み終えてから、草間に電話をかけた。

「用事が済んだら、ちゃんと返しとくのがルールやて言うたやろ。志水がいつまでも返さへんから、こんなことになったんや」

と草間はそれほど慌てている様子もなさそうに言った。警察ざたになった訳ではなかったので、ぼくもそんなに動揺はしなかったが、そろそろ汐《しお》どきだという気がして、草間に言った。

「頼む、絵を返して来てくれよォ」

「俺ひとりでか？　アホなこと言うなよ。新聞に載った途端におかしな動き方をしたら余計に危ない。もうちょっと時間をあけてから考えたらええがな」

「店の中の、元の壁に返しとくというのは、なんぼ草間でも無理やろなァ」

「やったらやれんこともないやろけど、相棒が死んでしもたからなァ……」

草間の笑い声が、電話口から聞こえてきた。ぼくたちはその話はいちおう打ち切って、互いの近況を語り合った。

「もう、へとへとや」

草間は言った。

「いまがいちばん辛《つら》いときや。もうちょっとやないか」

それから、ぼくはふいに感傷的になって、ほんの少しのあいだ涙ぐんだ。

「K大の医学部、絶対に通れよ。癌なんかやっつけてしまう医者になってくれ」

ぼくは二、三日、落ち着かない日を過ごした。「星々の悲しみ」から、出来るだけ遠ざかっていたかった。だが、そうなるといっときも早く、絵を持ち主に返してしまいたくて仕方がないようになってしまった。ぼくは意を決して、加奈子に新聞の記事を見せた。加奈子は記事を読み終えると、しばらく無表情に絵とぼくとを交互に見やっていたが、やがて、ひゃあっという変な叫び声をあげて、両手で自分の顔をかかえ込むようにした。

「どうするのよ、こんなだいそれたことして。私は知らんからね。知らん、知らん、なーんにも知らん」

部屋から逃げだそうとする加奈子の袖《そで》をつかんで、ぼくは哀願するように言った。

「そんな冷たいこと言わんと、相談に乗ってくれ。俺が盗んだんと違う。草間と有吉がやったんや」

「いやよ、相談になんか乗れへん。私はこんなややこしいことに巻き込まれたくないのよ」

ぼくは、決して加奈子には迷惑をかけないこと、さらには毎月の小遣《こづか》いの中から、二千円ずつを三ヵ月間支払うことを条件に、とにかく絵を持ち主に返すための手助けをして欲しいと頼み込んだ。

「返すって、どうやって返すの？」

「朝早《は》ように、そっと〈じゃこう〉の店先に絵を置いとくんや。自転車に積んで、朝の五時ごろに出かけたら、なんぼゆっくり歩いて行っても六時前には着くやろ。置いたら、さっと自転車で逃げ帰ってくる。冬やから、朝の六時ぐらいやったら、人もあんまりおらんやろ」

「お兄ちゃんひとりで行ったらええでしょう。私は絶対にいや！」

「俺ひとりで、こんな大きい荷物を運べるはずがないやろ。自転車の荷台にくりつけるから、落ちんように支えてくれたらええんや」

「もし、途中でお巡《まわ》りさんにみつかったらどうするの？」

加奈子は、早朝、人の目を盗んで行動を起こすよりも、白昼、何食わぬ顔で漢方薬店の横にでも置いて来たほうが安全ではないかと提案した。確かに言われてみればその通りみたいな気もしたが、ぼくはやはり皆が眠っている朝まだきに、闇《やみ》に乗じて、隠密裡《おんみつり》に終えてしまうほうがいいと思った。加奈子は足元を見て、二千円を三ヵ月間という条件では割が合わないと言いだした。

「五ヵ月間は払って欲しいなァ」

「四ヵ月で手を打てよ」

「いつ、返しに行くの？」

「あしたの朝」

「いややなァ、五時に起きるの。眠いし、寒いし、暗いし……」

ぼくは妹に手伝わせて、壁に掛けてある油絵を降ろし、畳の上に立てかけた。そして、八ヵ月前の雨の日、図書館の横の古い石の橋の上で、初めて草間と有吉の二人と言葉を交わしたときのことを話して聞かせた。

「あれから、たったの八ヵ月やぞォ」

そう言ってしまってから、ぼくはその間に読んだたくさんの小説の行方を思った。悲劇も喜劇も、悪も善も、恋愛も官能も、心理も行動も、ことごとく陰翳《いんえい》を失って、ぼくの中に潜り込んでしまっていた。ぼくは何も得なかったようでもあったし、積み重なった透明な後光《ごこう》を体中に巻きつけているようでもあった。

「私、いっぺんも有吉さんのお見舞いに行けへんかったわ。腰の病気やて聞いてたから、すぐに治ると思ってたもの」

と加奈子は畳の上に横坐りして、絵をぼんやり見つめながら言った。

「そうや、お前は薄情なやつや。有吉のことを好きやったくせに」

「でも、有吉さんは私のこと、ぜんぜん相手にしてなかったもん」

「嘘つくなよ。俺は見たんやぞォ。有吉がお前に付け文をするのを」

加奈子は怪訝《けげん》な面持ちでぼくを見つめ返し、言葉の意味を考えていたが、そのうち思い当たったのか、照れ臭そうに微笑んだ。

「そうそう、有吉さんから紙きれをもらったのよね。草間は加奈ちゃんに夢中です。どうやら本気みたいですって書いてあった」

「……へえ、それだけ？」

「そう、それだけ。私、がっかりしたなァ。あれ、絶対、草間さんに頼まれたんやて思うわ」

ぼくたちはそれ以上の追憶にひたるほど、有吉に対して共通の思い出を持っていなかった。加奈子が自分の部屋に戻ってしまうと、ぼくは古新聞を集めてきて、絵の包装に取りかかった。乾いたタオルで、額についた埃を拭《ふ》いた。それから、もう二度とぼくの手元に戻って来ることのない「星々の悲しみ」を見た。

絵はいつになく光っていた。蛍光灯の光を受けて、樹木の葉は水に濡れたように色づき、初夏の陽光は真夏の日差しに変わって眩《まば》ゆく輝いた。どこからか蟬《せみ》しぐれも聞こえてくるようだった。ぼくは、結局いつかの加奈子の解釈が、いちばん正しかったのではなかったかと思った。加奈子は、麦わら帽で顔を覆《おお》って大木の下でうたたねしている青年を、死んでいるのだと思ったのである。絵の作者は、自分の死んでいる姿を描いたのだと。もし本当にそうだとしたら、この絵にもっともふさわしい題名は確かに「星々の悲しみ」以外ないではないか。ぼくは、葉の繁った大木の下に有吉を横たわらせ、そのとてもきれいな死に顔を麦わら帽で隠した。

ぼくはあくる朝、四時半に目を覚ました。目覚まし時計を合わせてあったが、自然に目があいたのだった。ぼくはセーターを二枚着て、マフラーを首に巻きつけた。そっと加奈子の部屋に入って行き、蒲団の上から肩を叩いた。加奈子は乳臭い匂いを放って寝返りをうった。きのうの夜、ちゃんと約束してあったのに、加奈子はい

っこうに起きようとしなかった。ぼくは妹の頰をつねったり叩いたりしながら、

「二千円を四ヵ月や、二千円を四ヵ月や」

と何度もささやいた。

自転車の小さな荷台に、額に入った百号もの絵をくくりつけるのは難しかった。それだけで三十分近くも時間がかかったから、家を出発したのは予定よりも遅れて五時を廻っていた。加奈子も、ぼくと同じようにセーターを二枚着て、コートを羽織り、長い毛糸のマフラーを巻いていた。夜はかすかに明け始めていたが、星もたくさん見えていた。牛乳配達の軽トラックが、もう仕事を終えて帰って行くところだった。夜が明けていくのを見るのは、久しぶりだった。

「こら、まっすぐに歩けよ。絵が落ちんように持っといてくれんとあかんがな」

「まだ目が覚めへんねん……。お兄ちゃん、きょうは、寒いなァ……」

「……うん、寒いなァ」

犬が五匹も一斉に路地から走り出て来たので、妹は商店街を一目散に家に向かって駈けた。犬たちはしばらくぼくの周りをうろついてから、どこかに走り去って行った。ぼくが自転車を押して行きながら手招きしても、妹は〈菊屋〉の軒下に身を隠して出てこようとしなかった。ぼくは腹立ちまぎれに、足元に落ちていたジュースのあき缶を妹に投げつけた。

「あんな犬の、どこが怖いねん」

「五匹もおったよ」

「五匹ぐらいが何や。有吉は癌にやられたんやぞォ。秀才で男前で、十九歳やったんやぞォ」

「そんな大きな声を出したら、お巡りさんが走って来るから」

「お巡りも、いまごろは寝てるにきまってるがな」

さいわい、ぼくたちは誰にも怪しまれずに、国道を桜橋から梅田新道《しんみち》へと歩いて行くことが出来た。人っ子ひとりいない裏通りを縫って自転車を押しながら、ぼくは有吉が言った言葉を思い出した。それは、俺は犬猫以下だという言葉であった。有吉はもうきっとあのとき、死を予感していたのに違いなかった。人間は、一瞬のうちに変わって行くのだと、ぼくは思った。有吉が入院してから、たった四回しか見舞わなかったことを、ぼくは後悔したが、そんな有吉にぼくが何をしてあげることが出来たろう。大木の下で青年が横たわっている、ただそれだけの絵があって、なぜその絵に「星々の悲しみ」という題がつけられているのか、ぼくには、はっきりわかるような気がした。

「遠いなァ。まだ着けへんのん？　私、きょういち日で絶対にしもやけになったから」

と加奈子が声を震わせて言った。ぼくも足の指が痛かったし、声を出せば震えるような気がした。〈じゃこう〉の看板が見えたので、ぼくは自転車を停め、荷台にくくりつけてある絵を降ろした。絵は古新聞で何重にも包装してあった。ぼくはあたりをうかがい、誰もいないのを見届けてから、絵を両手で持ちあげて走った。そして〈じゃこう〉への昇り口のところに絵を置くと、全速力で走り戻り、加奈子を自転車の荷台に乗せて、懸命に漕いだ。梅田新道の交差点に辿《たど》り着くまで、ぼくはあとも振り返らず、自転車を走らせた。そこまで来ると、ぼくはやっと安心して、自転車を漕ぐ力を弱めた。加奈子も体の力をゆるめて、頬をぼくの背中に当ててがってきた。

「お兄ちゃん、このあいだ、お父さんが心配してたよ。あいつ、ちゃんと予備校に行ってるのかなァって」

「夜は、ちゃんと勉強してるよ。……そやけど、予備校は行ってないんや」

「へえ、そしたら昼間何をしてるの？」

「図書館で本を読んでるんや。ロシア文学とフランス文学を。もう百何十もの小説を読んだぞォ」

あんまり一所懸命自転車を漕いだので、ぼくは息が弾《はず》んで、しばらくまともに口をきくことが出来なかった。ぼくは、がらんとした国道の凍《い》てついたアスファルト道の上を、わざと右に左にくねりながら自転車で進んだ。来年の受験のことを考えると気が重かったが、いまは無事に絵を返し終えたことで、陽気になっていた。

街は動き出していた。ぼくはなぜか、有吉とまたどこかで逢えそうな気がした。夜が明けたことに気づいたとき、ふいにぼくの心に、有吉の最後の笑顔が浮かんできた。ぼくは、ある感懐をもって、そのときの有吉の言葉を思い出した。有吉は笑って「またな」と言ったのだった。だからぼくは思った。もしかしたら、薄命の画家が「星々の悲しみ」の中にはめ込もうとして果たせなかったものを、さらにはこれまで読みふけった百数十篇の小説が、語ろうとしてついに語れなかったところのものを、ぼくはあの瞬間に、かすかに垣間見《かいまみ》たはずではなかったかと。

西瓜《すいか》トラック

昼食が済《す》むと、みんなは煙草を一服喫《す》ってから、陽《ひ》の当たっている庁舎の前の広場へ行き、キャッチボールやバドミントンを始めた。ぼくは地下の職員用の喫茶室に行って珈琲《コーヒー》を飲んだ。

高校を卒業して、市役所に勤めるようになってから、ぼくには、いち日に三回珈琲を飲む習慣がついてしまった。初めての月給で買った珈琲沸かし器を使って、朝は必ず一杯か二杯飲んで出かけるし、昼休みにはこうして地下の喫茶室で、酸味のきつい、いつまでも舌に残る大味な珈琲をだらだらとすすってしまう。それから役所が退《ひ》けて、バイクで帰ってくると、家のすぐ近くにある〈ランプ〉という名の小さな珈琲専門店に行く。

本当に欲しくて口にするのは、この夕方の〈ランプ〉での一杯だけだ。量は少ないけれど、味の濃い、コクのある珈琲で、飲んだあと一時間くらいは食欲がなくなってしまうが、ぼくは〈ランプ〉のいちばん奥の席に腰かけて、小窓から家々の屋根を眺めるのが好きだ。そこから見える人家の居並びは、どこにでもある、何の変哲もない風景だが、仕事を終えたぼくの心を、静かに、幸福にしてくれるのだ。それはほんの一瞬のあいだだけなのに、ぼくはそのつかのまの安らぎに体をひたして、かつて訪れた幾つかの海辺の光景を思い起こしてみる。

〈ランプ〉の小窓から見える街は、ぼくが生まれ育った、もういやというほど眺めつづけてきた場所だったが、煙草の煙を胸に吸い込んで、珈琲カップを鼻先に持ってくると、そのときどきで、雨に濡《ぬ》れたり、西陽に照らされたりしている家並の底から、潮風やら荒波やら群青色《ぐんじょういろ》の海原やらが炙《あぶ》り出されてくる。そして、こんどは土曜と日曜を挟んで合計五日くらいの休みを取り、どこかうんと北のほうの海を見に行こうかなどと、手帳を開いてスケジュールを練りながら時間を過ごすのだ。

ぼくが大学に進むのを止《や》めて、高卒のまま公務員になろうと決心したのは、自分のお金で好きなように旅行がしてみたかったからだ。初めに勧めてくれたのは、近くに住んでいる従兄《いとこ》だったが、父に相談すると、

「こんな時代やから、市役所あたりに勤めて、地道に暮らすほうが利口な生き方かも知れへんなァ」

とあまり気の進まない口調で賛成してくれた。ぼくにはひとり兄貴がいて、二浪してやっと国立大学の工学部に入ったばかりだったから、父も母も何となくほっと

してしまい、ぼくに対しては大学進学をそれほど強制しようとしなかった。市役所の採用試験は秋にあった。父は事前に、知り合いの市会議員に頼み込んだりしたようだったが、ぼくには何も言わなかった。それがどの程度の功を奏したのかわからないが、ぼくは採用試験に合格してしまい、心の奥に少し残っていた大学へも行ってみたいという未練は、きれいさっぱり捨ててしまわねばならなくなった。志望者が多かったので、成績の良くないぼくのような者が合格できたのは、とても幸運なことだったからだ。

ぼくは、海辺に旅をするのが好きだ。ひとり電車を乗り継いで、田園や枯野や山峡を、海に向かってひた走って行くのが好きだ。そして、ふいに前方が展《ひら》けて海が見えた瞬間、ぼくは心に不思議な勇気を抱くことができる。そのときだけ、ぼくは、生きていることをしあわせだと感じることができる。小学生のころも、中学、高校の時代も、教師はぼくのことを温和《おとな》しくて目立たない生徒だと評していた。父兄との懇談会では、話すべき話題を捜しあぐねて、教師はきまって「もう少し、遊びにも勉強にも積極的に取り組むように」と母に言った。言葉は違っても、おおむね、それと似た言い廻しで、ぼくという人間にあまり興味を持っていない様子をのぞかせるのだった。物心がついたころから、ぼくは〈可もなく不可もない〉あまりぱっとしない人間として、地方都市の片隅の、雑然とした街並の一角で育ってきたのだが、そんなぼくが、リュックをかついで海辺にたどりついたとき、心にどんな烈《はげ》しい歓《よろこ》びを感じ、どれほど甘い途方もない空想に酔い、生きていく勇気をたぎらせるかを、この世で誰ひとり知っている者はいない。いまのぼくは、年に二回か三回休暇を取って、海辺の村や町を旅するために、市役所の保険年金課の前に、定時から定時まで坐《すわ》っていると言っても言い過ぎではないのだ。

ぼくがワイシャツのポケットから煙草を一本抜き出して口にくわえようとしたとき、

「土屋くん、この席あいてるの？」

という声がした。顔をあげると、同じ課の植草さんが篠崎さんと一緒に立っていた。それから小さな細い目をちかっと光らせて、

「土屋くんも公務員やから、いちおう法律は守らんとあかんでェ。役所の中で煙草はやめといてもらわんとなァ」

そう言って、ぼくの坐っている四人掛けのテーブルに腰を降ろした。

「へえ、土屋くん、まだ未成年やったの？」

篠崎さんは事務服からコンパクトと口紅を出し、鏡をにらんで上唇と下唇をすり合わせた。

「土屋くんが煙草を喫うてもええのは、来年の二月十五日からや」

植草さんが、生年月日を正確に知っていたのでびっくりしたが、ぼくは何も言わずに火のついていない煙草を胸ポケットにしまった。ぼくが植草さんに煙草のことで注意されたのは、これで三回目だった。

「来年、成人式をむかえる職員の名簿を作るようにて、市長の命令や。うちの課では土屋くんだけやけどな」

市が主催する成人式は、どんな企画をたてても不人気で、年々参加者が少なくなっていたから、せめて市の職員で該当する者は全員出席するようにと、月報にも載《の》っていたことをぼくは思い出した。だが、ぼくにはそんな式典に参加する気はまったくなかった。一月十五日の成人の日には、舞鶴から丹後半島への旅行を計画しているからだ。高校二年の夏、ぼくは友人と二人で、若狭《わかさ》へ旅行した。大阪駅から北陸線で敦賀《つるが》まで出て、小浜《おばま》線に乗り換え、日向湖《ひるがこ》で一泊したのだが、帰りに舞鶴線に乗るため東舞鶴に寄った。夏の終わりの閑散とした駅に降りたとき、ぼくは舞鶴という海辺の町の寂《さび》しさに心を奪われた。みやげ物屋の並ぶ駅前通りには、人っ子ひとりいなかった。照りつける日差しの中で、傾いた看板が海からの風を受けてがたんがたんと音をたてていた。ぼくはそのとき、働くようになって、自分のお金が自由に使えるようになったら、この駅に、それも雪の降る冬のさなかに、もう一度来てみようと思ったのだ。このうらぶれた東舞鶴の駅から、ひとり日本海への道を歩いてみようと。

来年の成人式の式典には参加できないことを言おうとして、結局ぼくはそのまま口をつぐんでしまった。植草さんは、人間として少し余裕のないところがあって、煙草の件といい、日曜や祝日とからんでの年休の取り方といい、本気で咎《とが》めだてたり、いやみを言ったりするからだ。篠崎さんに言わせると、

「あの人、どこか個人商店の小番頭にでもなったほうが向いてるのよ」

ということだが、実際、植草さんは自分より目下の者に対しては重箱の隅をつつくみたいに、口うるさく指図ばかりしている。役所で働く人たちは、みな他人には無関心で、仕事に関すること以外はほとんど口出しなんかしない。与えられたその日の仕事だけをこなしていけば、一生食いはぐれのない職場だったし、給料の額も一時金の算出方法も、五十年六十年先まで予測がついている。それどころか、退職後の年金の額まで計算がついてしまって、自分は死ぬまでどれだけの収入が得られるのか、役所に入ったその日にほぼ正確な数字が出るのである。植草さんは、私立の大学を卒業して、この市役所に入ったのだが、採用試験を受ける前、物価の上昇度や昇給度を計算して、五十五歳の定年までの収入を割り出してみたそうだ。すると、戦争などの不測の事態が起こらないかぎり、自分が一生でいったいどれだけの金が得られるのか、ほぼわかってしまったという。昇格試験を順調に合格していっ

ても、ある程度の限界は見えていて、その役職による差額もたいしたものではないということがわかった。それで植草さんは、〈普通に勤める〉ことに決めたらしいのだ。一生、普通に生きていくことを決定してしまったまだ三十そこその男から、二十歳《はたち》になるまで煙草を喫ってはいけないと注意されるのは、なんだかとても理にかなっているようにも思えて、ぼくは植草さんに何を言われても反発する気持にはなれないのだ。

植草さんは、紺色のぶ厚いブレザーの下に着込んだ濃い茶色のセーターの胸元を指でつまみながら、

「土屋くん、これとおんなじセーターを二千円で買えへんか？」

と言った。それから膝《ひざ》の上に載せていた紙袋をテーブルに置いた。空《から》になった弁当箱でもしまってあるみたいに見えた小さな紙袋の中から、植草さんはにやにや笑いながら一着のセーターを出して、ぼくの顔前でひろげてみせた。篠崎さんが、横から手を伸ばして、セーターの袖口《そでぐち》あたりをさわり、

「いやァ、ええセーターやわ。これ新品？」

と訊《き》いた。植草さんは自慢そうな目つきを篠崎さんに注ぎ、わざと額に何本もの皺《しわ》を寄せて言った。

「一枚が、なんと千円やでェ。朝、そこの国道で売っとったんや」

セーター一枚が千円だからといって、なぜそんなことが自慢になるのか、ぼくは植草さんの髪の毛の多い、そのためいやに狭く見える額を、長いあいだ蔑《さげす》むような目で見やっていた。すると植草さんは、そんなぼくの視線を見返し、

「おっ、うらやましそうな顔をして」

と言った。腕時計を見ると、一時十分前だった。ぼくは水に濡れた伝票の上に、自分の珈琲代を置いて立ちあがろうとした。

「千円は安いわあ。うちの人にも、二、三枚買《こ》うて帰ろうかしら」

「トラックに山盛り積んであったでェ。会社がつぶれて給料がわりに貰《もろ》たんや。どれもみな千円にしとくから、宣伝してくれ言うとった」

「国道のどのへんやのん？」

「宝塚へ行く交差点を、南へちょっと行ったとこや。清龍園という焼き肉屋の隣に、小さな空地があるやろ？　あそこにトラックを停《と》めて商売しとんねや」

ぼくは行きかけて、またそのまま椅子に腰を降ろした。それから、

「トラックて、大きなダンプカーですか？」

と訊いてみた。なんだ知っていたのかという顔をして植草さんは言った。

「そうや、砂利を運ぶ汚ないダンプカーや」

「給料がわりに貰たなんて言うてるけど、どっかで盗んで来たのかも知れへんわよ。

なんぼなんでも、千円は安すぎるもん」

篠崎さんは、セーターを鼻先にくっつけて匂いを嗅《か》いでみたり、衿《えり》のあたりを引っ張ってみたりしている。ぼくは、きっとまたあいつがやって来たのだと思った。ぼくはもう一度、腕時計を見た。バイクで、そのトラックが停まっている国道沿いの空地までは、五、六分はかかるだろう。いくらいそいでも一時までに行って帰って来ることはできそうになかった。自分の机に戻るのが、十分やそこいら遅れたって誰も文句は言わないのだが、この植草さんの非難のこもったおせっかいな視線を背中のあたりに感じながら昼からの仕事を始めるのは、考えるだけで気分が悪かった。

それでも、ぼくは行くことにした。役所が退けるのを待っていたら、もしかしたら、あいつはいなくなってしまうかも知れなかったからだ。もしきょう逢《あ》えなかったら、ぼくはあの三年前の夏の夕暮の、風で飛んで行ってしまった一枚の一万円札のことを、いつまでも忘れてしまうことはできないのだった。ぼくは地下の階段を駈《か》け昇り、昼からの業務の開始を待っている大勢の市民の中を抜けて表に出た。職員用の駐車場の奥に置いてある自分のバイクに乗って、国道を南に走って行った。

冬陽がいつもより強く照っていたが、風は冷たかった。うしろから疾走してくる大型ダンプに怯《おび》えながら、ぼくはときおり片方の掌《てのひら》で、耳をかわるがわるに包み込んで、道の端を走りつづけた。大きな交差点を宝塚の方向に左折すると、風の向きが変わって、ますます寒くなったが、そこからセーターを満載しているというダンプの居場所まではすぐだった。田圃《たんぼ》と畑ばかりの国道沿いの一角に、一軒ぽつんと焼き肉屋が建っていて、その横にやっとトラックが一台停められる程度の空地があった。高校時代、ぼくはいつもこの前を自転車に乗って家から学校まで通いつづけたのだ。埃《ほこり》と騒音と排気ガスの道で、夏はむやみに暑く、冬はまともに寒風が吹きまくって凍えている。

確かに、植草さんが言ったように、汚れたダンプカーが一台停まっていて、〈一流メーカー品のセーター、どれもみな一枚千円〉と書かれた紙きれが、赤や青の絵具に縁取られて車体のあちこちに貼りめぐらされていた。通りかかった女の人が二、三人、道路脇に拡げられた茣蓙《ござ》の上のセーターを選んでいた。

ぼくは革ジャンパーの男を見た。あいつとは似ても似つかない、ぜんぜん別の人間だった。ダンプの色も、あいつのは緑色だったが、目の前に停まっているのは黒っぽい灰色で、ひとめで違いがわかってしまった。ぼくはそれでもしばらくセーターを選んでいるようなふりをして、運転席の中を覗《のぞ》き込んでみたりしていた。あるいは、革ジャンパーの男はあいつの相棒で、ぼくと同じように店番をさせておいて、自分はまたあのアパートの二階の一室にもぐり込んでいるのかも知れない、そう思ったりしたからだった。

　ぼくは国道をへだてた向こう側の、田圃の中に建っている古ぼけたアパートを眺めた。すると革ジャンパーの男が近寄って来て、セーターを五、六枚わしづかみにして、ぼくの前に突き出した。

「にいちゃん、一枚千円や。五、六枚まとめて買《こ》うていけや」

「……あのう」

　ぼくは少しうろたえながら訊いた。

「おじさんは、夏にここで西瓜《すいか》を売ってる人の友だちですか？」

「西瓜……？」

　男は手にしたセーターのかたまりを茣蓙の上に放り投げて、

「西瓜みたいなくさいもん売るかいや」

と怖い顔で睨《にら》みつけてきた。ぼくは、どうもすみませんとつぶやきながらバイクにまたがり、慌《あわ》てて市役所への道を引き返していった。

　午後からの単調な仕事を片づけ始めたぼくの心に、あいつの姿が何度も浮かんだ。そして、どういうわけか、あの東舞鶴の駅前通りの光景が重なり合ってしまう。残暑に噎《む》せかえる裏日本の、静まりかえった海辺の町のどこかから、黒光りする背や肩をあらわにしたあいつが、西瓜を山積みにしたトラックに乗ってやって来るさまを空想してしまうのだった。

その日は凄《すご》い夕立ちがあって、ぼくはアルバイト先のメリヤス工場から自転車で家に帰る途中、空地に停めてあるダンプの中に駆け込んだ。雷が烈しく鳴りだして、何もないだだっぴろい道を進むのが怖かったからだ。無人のトラックだと思ったら、中で若い男が、シートにあおむけになって眠っていた。ぼくは汚れたハンカチで、ずぶ濡れの頭や腕を拭《ふ》きながら、

「すみません、ちょっと雨やどりさせて下さい」

と頼んだ。

「おうっ、こんな夕立ち、すぐにやみよるでィ」

と男は目を閉じたまま言った。運転席の足元には、新聞紙が何枚も敷いてあり、その上に西瓜の皮が落ちていた。煙草の匂いと、まだ赤い果肉をいっぱいつけたまま捨てられてある西瓜の匂いに混じって、男のものらしい汗の匂いも漂っていた。男はあおむけに寝たまま、ひょいと顔だけあげてぼくを見ると、

「おまえ、高校生か？」

と訊いた。ぼくが答える前に、男は言葉をついだ。

「ええアルバイトがあるけど、せんか？」

「どんなアルバイト？」

ぼくは、メリヤス工場の出荷係のアルバイトをやっていたが、係の主任が意地の悪いやつで、そのうえ日当も少なかったから、他にいいアルバイトがあったら移ってもいいと考えていたのだった。金を貯《た》めて、友だちと二人で若狭のほうに旅行する約束があったから、その年の夏休み、ぼくは生まれて初めてアルバイトをしたのだ。そしてぼくは、人に使われてお金を貰《もら》うことが、いかにたいへんなことであるかを知った。メリヤス工場では、一週間しか働いていなかったけれども、旅行に必要な額にはまだだいぶ足らなかった。

「この西瓜が売り切れるまで、ダンプの中で寝てたらええんやい」

男が荷台を指差したので、そのほうを見ると、ダンプに西瓜がぎっしり積み込まれていることに気づいた。〈熊本から直送〉〈安くて甘い〉〈一ヶ五百円から〉と書かれたベニヤ板が、車体に針金でくくりつけられていた。

「へえ、西瓜を売ってるのん？」

「黙って坐っとったら、かってに人が来て買《こ》うて行きよる。熊本の西瓜や、畑から安うに仕入れて来たから、ただみたいな値段や言うて、売りさえすりゃええんやい」

「ほんまに熊本から来たん？」

「熊本からダンプ飛ばして売りに来たとよ。うまかよ、うまかよ、買うてくれェ、そない言うて売るんや」

男はそこだけ怪しげな九州訛《なま》りで言って、にやっと笑った。

「これ、全部で何個あるのん？」

「三百個積んで来たけど、二、三十個は途中で割れたり腐ったりしてしもた。きょう二十三個売れたから、あと二百五十個ぐらいはあるやろ」

ダッシュボードの上に、マッチの軸が並べられていた。それが売れた西瓜の数を示すらしく、男は起きあがって確かめるようにかぞえていた。

「おうっ、二十五個売れとるわ」

ぼくは工場の中でメリヤスの屑《くず》を吸い込んでいるよりも、戸外で西瓜を売るほうが、よっぽど体にいいに違いないと思った。男の口ぶりから、残りの西瓜が売り切れてしまうのは、そんなに難しいことでもなさそうに思えてきて、ぼくはアルバイト代に幾らくれるのかを訊いた。

「全部売れたら一万円やるわ」

「売れ残ったら、どうなるのん？」

「心配せんでも、全部売れるわいや」

あくる朝、ぼくは魔法壜《まほうびん》に冷たい麦茶を入れて、西瓜を売るトラックのところへ行った。男に頼まれて、前の晩買っておいた、蚊取り線香も持っていった。西瓜を全部売ってしまうまで、男は運転席の中に泊まり込みつづけるつもりなのだった。

「とにかく、蚊ァにだけは往生するぞォ。暑いのと、蚊ァに刺されるのとで、寝られへん」

男はきのうと同じランニングシャツ一枚の姿で、地面に降ろした西瓜を並べ分けていた。いちばん小さいのが五百円、その次が六百円と順々にクラスがあって、最高は千二百円だったが、相手が迷っているようだと千円にまけてやってもいいのだと教えてくれた。ぼくは、男の見事な筋肉に見惚《みと》れて、

「体操の選手みたいやなァ」

と言った。男は大きくて重そうな西瓜を両手でくるくるともてあそびながら、

「そうや、高校生のとき、器械体操をやっとったんや」

と答えた。

「へえ、選手やったん？」

「ちょっとのあいだだけや。二年間で高校をやめてしもたからなァ」

ぼくは、男の顔が体と不釣合なほど小さく見える理由がわかった。男は並はずれて太く丈夫そうな首とぶ厚い胸を持っていたからだった。ぼくは麦わら帽子をかぶって、ドアを開いたままの運転席に坐り、男が西瓜を売るさまを見ていた。

西瓜は午前中に十四個も売れた。ほとんどが、通りかかった車を停めて買いに来る客だった。ひとつだけ買っていこうとする客には、たとえば六百円のだと二つで千円というふうに売りつけるのがコツらしかった。

「うまかよ。遠いところ商売に来とるばってん、まとめて買《こ》うてェよ。甘かよ、それに安かよ」

客がいるあいだ、そう言って手を叩《たた》いていればよいということも、ぼくはすぐに覚えてしまった。男はぼくに店番をさせておいて、焼き肉屋で昼食を済ませてくると、こんどはぼくを食事に行かせた。それから、帰って来たぼくに言った。

「これで、やり方はわかったやろ?」

「うん、簡単や」

「よし、あとは頼むぞォ」

男がどこかへ行ってしまおうとしたので、ぼくは驚いて言った。

「えっ、ぼくひとりで、店の番をするのん?」

「あたりまえや。そのためにわざわざ、おまえを雇うたんやィ」

夕方までには帰ってくるからと言い残して、男は国道を渡り、田圃や畑のあいだを縫《ぬ》うようにして伸びている細道を歩いて行った。何もさえぎるものはなかったので、トラックの運転席に坐ってぼんやり見送っているぼくの目から、男の姿はいつまでも消えなかった。男は一度ぼくのほうを振り返り、ひょいと手をあげて、それからモルタル壁の古ぼけたアパートの階段を昇り、二階のいちばん北側の部屋のドアを叩いた。ぼくのいるところから、そのアパートまでは三百メートルほどの距離だったから、もう男の表情は見えなかった。

そのとき、ちょうどやって来た軽自動車が急停車して、中から運転手が顔を出し、買おうか買うまいか思案している様子で並べてある西瓜を見つめたので、ぼくは運転席から降りて、甘かよ、安かよ、熊本の西瓜ですよと大声で言った。結局買わずにそのまま行ってしまったのだが、男はそのあいだに部屋の中に入っていったらしく、かんかん照りの田圃の向こうには、真夏の陽光をまともに受けているアパートの薄汚れた灰色の壁が、ゆらゆら震えて光っているだけだった。

昼からはわずかに吹いていた風もやみ、焼けた釜《かま》の中のような、耐えがたい熱気がトラックを包み込んできた。ぼくはタイヤの前後にそれぞれ大きな石をかませると、車体の下にできた日陰にもぐり込み、客を待った。通り過ぎていく夥《おびただ》しい自動車の排気ガスが、どこにも散って行かず、陽炎《かげろう》に混じって、ぼくの周りでのたうっていた。トラックに積まれた西瓜の中には、底のほうで何個か割れて腐っているのが残っているらしく、群らがり寄って来た何匹かの蠅《はえ》がうるさく飛びかっていた。

ぼくひとりになってからは、客足も途絶えて、西瓜はひとつも売れなかった。ぼくは小石を何度も国道に向かって投げつけながら、入道雲を見あげたり、前方のアパートに目をやったりして時間をつぶした。西瓜が売れることよりも、いっときも早く陽が沈んでくれることを待った。

西に傾きかけた太陽が、ますます熱を強めてトラックを照りつけてきたころ、アパートの一室のドアがあいて、男は出てきた。ぼくは再び男がこちらにやって来る姿を、片時も目をそらさずに見つめていた。ランニングシャツを身にまとって、男は陽炎の中を歩いて来、国道を走り渡って、ぼくのいる車体の下の日陰のところに並んで坐った。

「売れたか？」

「ぜんぜん売れへんかった……」

「ちょっと涼しなったら、また売れだしよる」

「あのアパートに、知り合いでもいてるのん？」

男はぼくの問いには答えず、噴き出している首筋の汗を手の甲でぬぐって、

「焼き肉屋に行って、水をくんできてくれぃ」

と言った。そして荷台のどこかからバケツを出した。煙草に火をつけながら、早く行けというふうに、顎《あご》をしゃくった。ぼくが水をくんでくると、男はタオルを水にひたし、車体の陰に隠れて立ったままズボンを膝のあたりまで降ろした。それか

らパンツも少しずり下げて、自分のものをつまみあげ、濡らしたタオルで包み込むようにして拭いた。ぼくは見ないふりをしながら、横目使いに、そんな男の動作をうかがっていた。男のものは大きくて赤かった。日灼《ひや》けた肩や腕の皮膚と比べると、それだけが別のものでできているみたいにふやけて、しかも爛《ただ》れているように見えた。

バケツの水を捨て、絞ったタオルを荷台の端に干しておいてから、男はぼくの傍《そば》に横たわり、片肘《かたひじ》をついて目を閉じた。ぼくは、きっと男は三十歳ぐらいだろうと思っていたのだが、目を閉じているその顔は、はっとするほど幼いもので、まだ二十一か二にしか見えなかった。油気のない頭髪が、汗に濡れて額にへばりつき、その下で、顔の造作とは不似合な長く生え揃《そろ》った睫毛《まつげ》がひくついている。

「昼間は、いっつもこんなふうに客がないのん？」

ぼくが声をかけると、男はじっと目をつむったまま、

「いちばんよう売れるのは、夕方から夜の十二時ぐらいまでや」

とつぶやいた。

「……へえ、そしたら、昼間ぼくを雇うててもしょうがないやんか」

「俺がいてへんあいだ、留守番をしててくれたらええんやィ」

「毎日、あのアパートへ行くのん？」

男は目をあけて、

「ああ、西瓜が売れてしまうまでなァ」

と言った。去年の夏も、ここで西瓜を売っていたのだと男は教えてくれたが、ぼくには覚えがなかった。いつも自転車で通る道なのに、ぼくが男を見たのは、ことしが初めてだった。

「ほんとに熊本の人？」

「舞鶴や。東舞鶴からダンプ飛ばして来るんや。丹波で西瓜を仕入れてからなァ」

翌日も、その次の日も、男は昼食を済ませると、アパートの一室に消えて行った。そして必ず三時ごろになると帰って来た。股間《こかん》のものを濡れタオルでぬぐってから、ぼくのいる車体の下の日陰にもぐり込んで、西瓜を食べたり漫画の本を読んだりして、夕暮まで出てこなかった。きまって六時になると、車の下から出てきて、ぼくを帰してくれる。あくる日、行ってみると、マッチの軸は確実に増えていて、積みあげてある西瓜の数が減っているのだった。だが、男は日がたつにつれて不機嫌になっていった。

男と知り合って五日目、ぼくはアパートの一室の住人を初めて目にすることができた。若い女で、よちよち歩きの女の子の手を引いて、田圃の中を進んでくると、国道を渡ってトラックのところまで来て、ぼくに西瓜を売ってくれと小声で言ったのだった。何気なくアパートのドアのところを眺めていたぼくは、子を連れた女が出て来て、そのまま階段を降り、陽炎と一緒にゆらゆら揺れながら近づいてくるのを、ずっと目を離さず見つめていた。男は車の下に敷いた茣蓙に寝そべったまま、無言で女を見ていたが、やがてよろよろと起きあがり、いちばん大きな西瓜の中からひとつを選び出した。

「こんなに大きいの、うちでは食べきられへんわ」

女がそっと男にささやいた声と表情は、ぼくにはなぜかひどく力のないやつれたもののように思えた。女は金を払いたがったが、男はかたくなに受け取ろうとしなかった。ぼくは麦わら帽子を目深《まぶか》にかぶり直し、自分の視線を気づかれないようにしながら、いつまでも女の顔を盗み見ていた。女は瘦《や》せていて色が白かった。胸も尻も肉が薄く、ふくらはぎにはたくさん青い血管が浮き出ていた。顎も細く尖《とが》り、唇は細く、口紅も塗っていないのにそこだけぽっと突き出たように目立つのだった。だが、女は、やはり美しいと言える顔をしていた。湯からあがったときみたいな湿りを目の周りに持っていた。

女は、男の差し出したビニールの網袋に重い西瓜を入れ、危なっかしい足取りの女の子をうながしながら、とぼとぼ国道を渡った。そして一度も振り返らず、ゆっくりゆっくり女の子に歩調を合わして、アパートに帰って行った。

ぼくはひょっとしたらという思いでそう訊いたのだったが、

「あの人、奥さん？」

「舞鶴の、おんなじいなかにおった女や」

と言って、男は荷台に置いてあった包丁を握った。それから西瓜を乱雑に切って新聞紙の上に並べ、ぼくにも食べるようにすすめた。

「いまは、人の女房や」

「……へえ」

「子供の寝てる横で、夏が楽しみや、ああ、夏が楽しみや言うて、腰を使いまくりよる。亭主より、俺のほうがええそうや」

ぼくは十六歳だったが、男の言っている意味はわかった。

「まい日まい日、俺の来るのを待っとって、抱きついて泣きよるんや」

「泣くのん？」

「……のたうちまわって、泣きよるわ」

男は低い声で、怒ったようにつぶやいた。ぼくは生温かい西瓜の果肉にむしゃぶりつき、口の中に溜《た》まった種を汁と一緒に吐き捨てた。男の目は直射日光の下でぎらついていたが、それはやがて油をさしたようにどんよりしてきた。

「あの人と逢うために、舞鶴からここまで西瓜を売りに来たん？」

とぼくはためらいながら訊いた。男はそれには答えず、残った西瓜を見て、

「そろそろ店じまいしょうか」

と言った。この五日間で、西瓜は二百四十三個売れて、トラックの荷台には売れ残った二、三十個の西瓜が転がっているだけだった。ぼくは麦わら帽子をぬぎ、額の汗を拭いて、入道雲を見あげた。四日間で一万円になる、高校生としては割のいいらくなアルバイトだったが、なぜかひどく疲れてしまっていた。ぼくは何もせず、ただトラックの下の日陰に坐っていただけなのに、もう何ヵ月も苛酷な力仕事をしてきた気分になって、遠くの田圃の中に建っているアパートの、女の住むいちばん北側の部屋に視線を落とし、そのままいつまでも立ちつくしていた。

「このダンプ、友だちから借りてるんや。もうぼちぼち返さんとなァ……」

「西瓜を売ってないときは、何をしてるのん？」

「工事現場で働いたり、まあ適当にやっとるわ」

ぼくは他にもいろいろ訊いてみたかった。人妻だというあの女と、いったいどんないきさつがあるのか、また来年も、トラックにいっぱい西瓜を積んでやって来て、女のもとに通って行く気なのか……。けれども、ぼくは頭上から襲いかかってくるすさまじい太陽に押しつぶされて、粟粒《あわつぶ》みたいな汗を体中に噴き出させたまま、男と同じように、ただ立ちつくしているだけだった。

五日のあいだに食べ散らかした西瓜の皮を集めたり、茣蓙にこびりついた砂埃をはたき落としたりしているうちにも、客がやって来て西瓜を求めていった。もう売れ残りだからと言って、男は気前よく半値でさばいた。太陽は遠くで赤くなり、夕暮の風が起こった。男はぼくにも西瓜を二つくれた。それからマッチの軸を数え直し、革袋の中に押し込められた紙幣やら小銭やらを運転席の上に拡げて計算した。約束どおり、男は千円札を十枚折り畳んで払ってくれた。金を貰ったとき、ぼくは不思議な物憂《ものう》さを感じた。

そのとき強い風が走って行き、きれいに皺を伸ばして運転席の上に置かれていた紙幣のうちの何枚かを飛ばしたのだ。ぼくも男も、宅地のうしろに拡がっている雑草の中を走った。五、六枚の千円札はすぐにつかまえられたが、一枚の一万円札はセイタカアワダチソウの黄色い群落の奥に消えた。ぼくは息をひそめて、花粉の中にもぐっていった。草のあいだに、一万円札はひっかかっていた。ぼくはそれをポケットにしまい、長いあいだ腰をかがめて隠れていた。しばらくしてトラックのところに戻り、

「あかん、一枚、飛んで行ってしもた」

と言った。男はそれほど惜しそうな顔もせず、

「しょうない、しょうない。お前、あとでもういっぺん捜してみィや。みつかった

ら、お前にやるわ」

運転席に坐り、エンジンをかけて、ドアを閉めると、いやに急いでいるかのように、ぼくの顔も見ず車を発進させた。男とぼくは、そのままさよならのひと言も言わないまま、別れてしまった。夕陽は、正面に見えるアパートのうしろに落ち、女の部屋のあたりを暗くさせていた。ぼくは自転車の荷台に西瓜を二つくくりつけ、家への道を漕《こ》いだ。ぼくのポケットには二万円あり、さらにはぼくの股間のものは固くなってサドルの上で押しつけられていた。ぼくは、精気の抜けた、粘りつく自分のものを、冷たい濡れタオルで包んで拭いてみたかった。

ぼくは夏が来るたびに、焼き肉屋の横の空地に、またあいつが来ていないものかと考えてしまう。セイタカアワダチソウの繁茂《はんも》の奥で一万円札をみつけたことを、ぼくはいちおうあいつに報告しておきたいからだ。

いや、それだけの理由ではない。アパートには相変わらずあの女が住んでいて、ときおり物干し場で洗濯物を干している姿が、役所に向かうぼくの目に映ったりすることも、教えてやりたかった。ぼくには何となく、あいつとあの女が、もうまったくあれっきりになってしまったような気がするからだった。

定時よりも三十分ばかり遅くなったが、ぼくはきょう予定していた仕事を全部片づけて、十二月の寒風の吹きすさぶ国道に出た。植草さんはまだ役所に残って、二枚買ったセーターのうちの一枚を、誰かに二千円で売りつけようと頑張っていた。

どこかに青味の残る夜空で、星がひとつ鮮明に光っていた。ぼくはいつもの帰り道を、バイクでゆっくり走った。昼間停まっていた大型トラックの姿はもうなかった。走りながら、ぼくはあのアパートを見た。田圃の向こうで、潮鳴りみたいに風が巻き、女の部屋にだけ明かりが灯《とも》って、夜の海の沖合の、たったひとつきりの漁《いさり》火《び》に見えた。

北病棟

馬野病院の北病棟は、広い病院の敷地の奥に、他の新しい鉄筋の病棟からぽつんと離れた格好で建っていた。

結核患者だけを収容する小さな二階建てのプレハブで、ぼくが入院したころは、二階に男の患者が四人、一階に女性患者が三人入っていたが、ほんの二ヵ月のうちに六人が退院して行った。ぼくと、重症患者の栗山という初老の婦人だけが残って、それきり新しい患者は入院してこなかったから、ぼくは看護婦に何度も部屋を変えてくれるよう頼んだ。ぼくの部屋の真下に栗山さんの病室があり、薄い床から立居振舞いのほとんどが伝わって来る。夜中にはしばしば栗山さんの咳《せき》の音で目が醒《さ》めたりするし、ぼくはぼくで自分の足音とか、病室に置いたテレビの音量にも気を遣《つか》って、どうにも居心地が悪いのだった。

無愛想な看護婦がやっと許可を与えてくれ、

「それじゃあ、尾崎さんのお好みのお部屋にお移りあそばせ」

そう大声で言い残して、外股《そとまた》でせかせかと太った体を運んで行ってしまうと、ぼくはベッドから起きあがって、歩くたびに軋《きし》むような音の響く廊下に出た。お好みの部屋といっても、四人部屋が三つ一列に一階と二階に並んでいるだけで、あとは廊下の突き当たりに洗面所と炊事場があり、もう一方の突き当たりに便所が設けられているのである。

ぼくの部屋は真ん中だったが、隣に移ったからといって、階下の音がどれほど弱まるものでもあるまいという気もした。廊下のガラス窓から、病院の裏門に目をやると、大きなポプラの樹《き》が三本、風に揺らいでいるのが見えた。そのおかげで、ぼくの部屋には西陽《にしび》が入らないことに気づいて、両隣の無人の病室を覗《のぞ》くと、夕刻の始まっていく眩《まぼ》ゆい兆《きざ》しが、シミだらけの壁やらベッドの上に射し込んでいた。そろそろ梅雨の季節に入るころで、ぼくの病気はいくら早くても夏までに治るというものではないだろうから、少しばかりの雑音に惑わされて、早計に部屋を変わってしまうのは損ではないかと思われた。ひと夏を、冷房もない西陽の満ちあふれる部屋で暮らすことを想像して、ぼくは結局いまの部屋にいるほうがよさそうだと判断したのだった。

ぼくはパジャマ姿のまま階段を降りて、病院の庭に出た。真新しい鉄筋の三階建ての病棟と、ぼくのいる北病棟とのあいだは中庭になっていて、古い藤棚と丸い小さな泉水《せんすい》があった。水の涸《か》れかけた泉水の中には青みどろが浮かび、小粒な透き通った羽虫が飛びかっていた。ぼくは泉水の縁《ふち》に腰かけて、色褪《いろあ》せたプレハブの北病棟を見つめた。ぼくの部屋と栗山さんの部屋の窓のところに、それぞれタオルが干されていて、それが風が吹くたびに同時に同じ揺らぎ方でそよぐのが見えた。

雨の日、傘をさした看護婦が、藤棚の下をくぐって泉水の横を通り過ぎて来る姿を病室から眺めていると、ああ、もう検温の時間かと我に返りながら、暗い人恋しい気分に包まれるのだが、青みどろで澱《よど》んでいる汚れた泉水に降りかかる雨の雫《しずく》が、街中の病院の一隅に隔離されている自分の境遇を思い知らせて、再び視界をぼんやりさせてくるのだった。

ぼくは四月の十八日に入院した。病気がわかったのが四月十日で、なんとか入院せずに治せないものかと、呼吸器専門の病院を二軒もはしごしたのである。両肺の上葉に左右対称の形で陰影があり、排菌の恐れが考えられると、二軒の病院の医者は同じ所見だったから、ぼくは観念して入院の準備をした。はじめは、兵庫県のS市にある結核療養所に入る予定だったが、普通の病院と違って、専門の療養所はおいそれとは退院させてくれないという話を誰かから聞きつけて、急遽《きゅうきょ》知人の紹介でこの馬野病院に変更したのである。

馬野病院は、もとは結核専門の病院だったのだが、患者数が減ってきたことと、予防法の設置によって医者にとってはあまり儲《もう》けにならない病気になったことで、いつの間にか胃腸科や他の外科とか肛門科などを主とする病院に変わってしまったのだった。そのせいか、北病棟は、病院の中にあって、ぽつんと忘れ去られたような建物だった。広い敷地内の奥の、裏門の傍《そば》に建てられた小さなプレハブは、病院の器材や薬品を収納しておく倉庫みたいに見えた。雨は、その雫をいつも天井に直接打ちつけてくるようだったし、風はガラス戸をやかましく鳴らして隙間《すきま》から吹き込み、太陽は薄い屋根やら壁やらをじりじりと焦がすのである。

看護婦も朝と昼の検温にやって来ると、あとは消灯時まで姿を見せない日が多かった。ぼくは月曜日と金曜日が注射の日で、栗山さんは他に水曜日も注射を打っていたから、その日だけ朝の十時ごろに看護婦が注射器をジュラルミンの容器に入れてやって来る。

「耳鳴りがするようだったら言って下さいよ」

とか、

「よおく揉《も》んどいてね」

とか言う以外、ほとんど会話らしい会話も交わさずにそそくさと帰って行く。食事は、白い仕事着を着た中年の配膳婦が階段の昇り口に置いていくのだが、おばちゃんの、

「ごはんですよ！」

という声がして部屋から出て行くと、すでにその姿は消えているのである。ぼくは入院して以来何度も、自分がいやに不当に扱われているような気がして腹をたてたものだ。しかし考えてみれば、薬が発達したとはいえ、結核は正真正銘の伝染病なのだから、看護婦も配膳婦も薄汚れた北病棟にわざわざ長居をしたいはずはないのだった。

ぼくは泉水に小石を投げ入れたり、足元を這《は》う蟻《あり》たちを観察したりして、六月の薄曇りの中からときおり落ちてくる光を浴びていた。そうやって、ときどきプレハブの隔離病棟の窓に干された自分のタオルに視線を走らせた。咲ききって、だらしなく花びらを緩《ゆる》めた薔薇《ばら》のまわりを、蜂が一匹ゆっくりと飛んでいた。ぼくにはその蜂が、棲《す》むところを追われた孤独な生き物に見えた。早く一日が過ぎて夜が来て欲しかった。そしてひと眠りの後、さっと朝が訪れてくれればいい。過ぎていく時間だけが最も効能のある薬なのだという思いが、ぼくをしばしば物憂《ものう》くさせるのである。

ぼくが体の変調に気づいたのは半年ほど前のことだった。喉《のど》の奥が絶えずむず痒《がゆ》くなり、したくもない咳をしてその痒みを取り除こうとしているうちに、咳そのものが止まらなくなった。風邪をひいたものとばかり思い込んでいたが、熱も出ず、たいした疲労感もなかったのでそのまま放っておいた。そのころ、レントゲン写真を撮っておけば、まだ軽症のうちに発見出来たのだろうが、毎日残業がつづく状態だったし、入社してやっと半年が過ぎ、見習い期間も終わってさあこれからというときだったので、うっかり病気にでもなったらことだと思い、いやな不安を抱きながら病院にも行かず、トローチを舐《な》めたり煙草を減らしてみたりして、その年を過ごしたのだった。

だが、年が明けて二月の半ばぐらいから、夕方になると軽い悪寒《おかん》に襲われるようになった。何の前ぶれもなく突然ブルブルッと寒気がきて、体を動かせない状態になる。おでこに手を当てると、心なしか熱があるような気がする。それで、やりかけた仕事をそのままにして、事務机に肘《ひじ》を突きしばらく体を縮こませてじっとしていると、汐《しお》が引くように悪寒が去り、反対に妙な活気が湧きあがってくるのだが、足首の関節とか腰のあたりに鈍痛が残って、いつまでも消えて行こうとしないのである。

ぼくは病気というものに、自分でも異常だと思うほどの恐怖心を持っていた。どこか体の内部に理由のない痛みが起こったりすると、すぐに癌《がん》ではないかと本気で考えてしまう。頭が重いと、血圧が高くてこのまま脳溢血《のういっけつ》を起こすのではと心配するし、階段を昇っていつもより動悸《どうき》の激しさを感じたりすると、心臓に重大な疾患《しっかん》があるのではなかろうかと不安に駆られるといった具合なのだ。

そんなぼく自身の性癖が、身に生じた本物の病の発見を遅らせる結果になったのだった。ぼくは、自分がどうやら間違いなく何かの病気に冒《おか》されているらしいことを確信してからも、病院に出かけていく決心がつかなかった。それで両肺に病巣《びょうそう》が拡がってしまうまで、一日延ばしに、けだるい体を満員電車に押し込んで会社に通ったのである。

断層写真で診《み》ると、左の肺の上部にパチンコ玉ぐらいの空洞が二個あった。だが院長は火元は右肺の鎖骨の下にあるのだと教えてくれ、一年は覚悟したほうがいいだろうと言った。それは、一年で完治するという意味ではなく、入院の期間のことであった。薬は、週に二回ストレプトマイシンを打ち、ヒドラジッドとエタンブトールを服用する。リファンピシンという特効薬を使う医者もいるが、自分は使いたくない。高いし、胃を荒らすし、もし再発した場合、次に打つ手がなくなるからだ。銀髪をオールバックにした院長はこともなげに言い、会社に提出する診断書を書いてくれた。それから表情をやわらげて、

「大丈夫、治るよ」

とつけ足した。ぼくはもっといろいろと訊《き》いてみたいことがあるような気がしたが、混み合った待合室には子供の泣き声やら老人の咳やらが響いていたし、院長も

次の患者の名を呼んだので、カルテと診断書を受け取って診察室を出た。そのまま会社に行き、仕事の引き継ぎをして、同じ部内の先輩や、同僚からなぐさめとか励ましの言葉を受けながら、ぼくは入院のために再び病院に帰った。

入院してからの二ヵ月間、ぼくは懸命に治療に専念した。嫌いな物でも食べたし、消灯時間の九時がくれば、看護婦に言われなくても、部屋の灯を消して目を閉じた。煙草もやめ、規則正しい生活を強いて二ヵ月後、レントゲンを撮ったが、両肺の影はいっこうに変化していなかった。ぼくは愕然《がくぜん》とし、それからずっと意気消沈して病室に閉じこもってきたのである。

人の気配でうしろを振り向くと、茶色いガウンを着た栗山さんが、白いものの混じったほつれた髪を両手でうしろにひっつめながら歩いて来ていた。栗山さんはぼくを見て軽く頭を下げると、少し間をあけてから微笑《ほほえ》んだ。

「いつの間にか、二人だけになりましたねェ」

そう言って、ぼくの横に坐《すわ》った。栗山さんは五十八歳だった。二十年前にやった胸郭成形の手術で左肩が極端に下がっている。その手術で一時は良くなったのだが、十年前に再発して入退院を繰り返してきたのである。二年前に大喀血《だいかっけつ》してから心臓も悪くなり、それ以来ずっと臥《ふ》したままだった。栗山さんが庭に出て来るのは珍しかったので、

「きょうは顔色もええし、調子がええみたいですね」

とぼくは話しかけた。

「そやけど、外の空気にあたると、目が痛《いと》うて涙が出て来て……。それがいややから、すぐに部屋に帰りとうなるんですよ」

「あんまり部屋に閉じこもってるからですよ。ぼくもこのごろ、宇宙の精力に圧《お》しつぶされそうな気持になるんです。表に出て、お日さんにあたってると、頭がぼおっとしてきます」

「宇宙の精力ですか？」

栗山さんは目頭を両手で押さえてから、大きく目を瞠《みひら》き、厚い雲の張り出して来た空を見あげた。雀の群れが、北病棟の屋根から電線に飛び移って囀《さえず》っていた。

「ああ、宇宙の精力ですねェ。ほんまにそんなもんが、あっちこっちに見えてきますねェ」

栗山さんは口を軽く開いて、楽しそうに、空や雀たちや建物の屋根や、中庭に植えられた草花とかを眺め廻してから、ゆっくりした口調でそうつぶやいた。栗山さんは何度も、宇宙の精力ですねェと繰り返した。

「尾崎さんは、お幾つになったの？」

「ぼくは二十四です」

「それじゃあ、ちゃあんと治療を受けさえしたら、すぐに良くなりますよ。私みたいになったらもうおしまい。肺がね、これだけしかないのよ」

両方の指で丸い輪を作ると、栗山さんは右胸の上にそれをあてがった。

「肺活量が七百しかないのよ。左肺はぜんぜん機能を果たしてないし、右肺も下の部分だけやの。治すときにちゃんと治しとかんと、再発を繰り返して、そのうちどんな薬も効かんようになるんですよ」

「何歳のときに、この病気にかかったんですか？」

とぼくは訊いた。

「二十一のとき。そのときは右肺に小さな影だけで、半年ほどの養生で治ったんですよ。それで結婚して妊娠したの。お医者さんは産まんほうがいいって言いはったけど、産みたくて産みたくて、それで子供を産んで一年後に案の定、再発したの。こんどは左側の肺尖《はいせん》に空洞が出来てましてねェ……」

ぼくは四十年近くも胸を病みつづけてきた婦人の横顔を黙って見つめた。細くて高い鼻梁《びりょう》にそばかすがたくさんあった。色白の上品そうな顔立ちの中で、それだけが妙にあだっぽくて、ぼくは一瞬切なくなった。

「あのあばら家に、ぼくと栗山さんのふたりだけやなんて、なんか気色悪いですねェ」

ぼくがそう言うと、栗山さんは笑いながら、

「ほんとに。こんなおばあちゃんで、尾崎さんに申し訳ないわよねェ。尾崎さん、まだおひとりなんでしょう？」

「ええ、独身です。お袋とふたり暮らしやったから、お袋も家でひとりきりになって寂《さび》しがってます」

「病室にひとりでいるのもいいけど、話し相手にもう二、三人入院して来て欲しいでしょう？」

「いやあ、気心の知れん人と一緒の部屋になって煩《わずら》わしい思いをするよりも、いまのままのほうがええような気がしますよ」

　すると栗山さんは、この病院では、もう新たな結核患者の入院は受け付けない方針らしいことを教えてくれた。ぼくたち二人が出て行ったら、プレハブの北病棟を取り壊して新しい鉄筋の病棟を建て、別の科を増設して結核病棟は廃止するのだという。

「へえ、そしたら、この病院にしても、ぼくらに早いこと治ってもらいたい訳ですねェ」

「尾崎さんは、ちゃんと治って出て行きはるやろけど、私がこの病院を出て行くときはねェ……」

ぼくは黙っていた。何年か後に、自分よりもうんと若い患者に同じようなことを喋《しゃべ》っているぼくの姿が心に浮かんで不安になった。

「もうじき雨が降るわよ、頭が痛いもの。天気予報よりよく当たるんやから」

栗山さんが言った途端に、ぽつぽつ降りだしたので、ぼくたちは笑い合って、しばらく空を見やっていた。

雨は三日たってもやまなかった。昼間、ぼくはベッドに横たわって、ずっと雨を見て暮らした。あるとき、どしゃぶりの雨の中を飛んでいる小さな羽虫をみつけた。ごま粒ほどの透明な虫だったが、大きな雨粒と雨粒とのあいだを、のろのろとした飛び方で廻っていた。ぼくはなぜその虫が、雨粒に当たって落ちてしまわないのか不思議だった。それでぼくはベッドに片肘を突いて、いつまでも飽《あ》かず眺め入った。

雫に濡《ぬ》れたガラス窓の向こうでは、樋《とい》から溢《あふ》れた雨水が、虫から見ればまるで大津波のように音たててこぼれ落ちていたが、虫は緩慢《かんまん》な動作でひょいひょいとくぐり抜けて飛んでいる。ぼくはガラス窓をあけ、犬か猫でも呼ぶように舌を鳴らし、虫が雨やどり出来るようにと手を差しのべて招き入れようとしてみた。けれども、虫は相変わらず雨の中を飛び廻って、部屋に入ってこようとはしなかった。

降りしきる雨の奥に黒いものが立っていた。かなり以前からそこに立っていたのかも知れなかったが、羽虫に気を取られていたぼくの目には映らなかったのだろう。

それは傘をさした男の人だった。傘に隠れて顔は見えなかった。けれども、姿格好から、ぼくは男が栗山さんの亭主であることに気づいたが、烈《はげ》しい雨の中で、なぜじっとたたずんでいるのかわからなかった。藤棚の下にでも行けば、少しは雨を防げるだろうに、栗山さんの亭主は北病棟と泉水とのあいだの、くるぶしあたりまで溜《た》まっている雨水の中に立っているのである。

そうやって彼は身じろぎもせず、妻のいる病室を見つめていた。雨の音だけが、窓辺に立つぼくの耳に響いていた。ぼくは栗山さんの家庭のことなど、何ひとつ知らなかった。亭主が勤め人なのか商売人なのか、子供は何人いるのか、家はどこにあるのか、長患《ながわずら》いの妻をかかえて、亭主はどうやって家事をきりもりしているのか、ぼくは一度も栗山さんに訊いてみたことはなかったし、彼女も自分のことは病気に関する事柄以外、何も語ろうとはしなかったのだった。

ぼくは、窓際の雨の中を執拗《しつよう》に飛び廻っている羽虫を見たり、栗山さんの亭主に目を移したりして、午後の長いやりきれない時間を過ごしていたが、そのうち少し気味が悪くなり、部屋を出るとそっと階段を降りて行って、栗山さんの病室をうかがってみた。廊下に面した部屋の窓は、他の病院に見られるような白壁ではなく、どういうわけか格子の桟に透いたガラスを嵌《は》め込んだだけの民家風の造りになっていた。だから一階と二階にある六つの病室の廊下側はどれもカーテンが掛けられて、外部から遮断されている。そのかなり黄ばんだ汚れたカーテンの中で、昼間だというのに蛍光灯の明かりが点《つ》いて、栗山さんらしい人影が映っていた。栗山さんは庭に面したガラス窓のところに立ち、何やら体を動かしながら、外のどしゃぶりの中にたたずむ亭主と向かい合っている様子だった。

ぼくはいっそう奇異な思いにとらわれて、じめじめした北病棟の一階の廊下に立ち停《ど》まっていた。庭に、傘をさした夫がいることを栗山さんが知っているのならば、他人のぼくが口をはさむのは余計なことだと思われた。自分の部屋に戻ろうとしたとき、カーテンを通して栗山さんの近づいて来る姿が見えた。栗山さんはドアの傍のスイッチをひねり、病室の明かりを消した。カーテンの隙間から、廊下に立っているぼくの姿が見えたのか、ドアをあけて顔を出し、あらっと小さくつぶやいて恥かしそうに笑った。ぼくはまごつきながら、慌《あわ》てて頭を下げた。恥かしさで顔が熱くなった。どんな理由にせよ、他人の、それも女性の部屋を無断でのぞき見ていたところをみつけられたのだから、何かそれなりの弁解をしなければならないのに、うまく言葉が出てこないのだった。

栗山さんは気にしたふうもなく、ドアをあけたまま庭に面した窓のところに歩み寄り、ガラスに顔をくっつけるようにして夫を手招きした。そしてまたドアのところに戻って来ると、ぼくに言った。

「まあ、珍しい。尾崎さんが遊びに来るなんて、初めてやないかしら。お茶でもいれましょうねェ」

それでやっと、ぼくは自分がどうして廊下に立っていたのかを説明することが出来た。栗山さんの亭主が、傘を北病棟の入口の扉に立てかけて帰って来、ぼくは丁寧に頭を下げて挨拶《あいさつ》した。何度も勧められて断わりきれなくなり、ぼくは初めて栗山さんの部屋に足を入れた。

ぼくと同じように、四人部屋のいちばん端のベッドを使い、残りの三つのベッドの上に、着替えを入れた箱やら読み古した雑誌やらを載《の》せている。壁には夏用の薄いガウンがハンガーで吊るされ、その横に色褪せた千羽鶴が三束も並んでいた。それよりも、最初にぼくの目にとまったのは、庭に面したガラス窓の下の床に置かれた色とりどりのセロファン紙だった。ぼくが近づいてのぞき込もうとすると、栗山さんは魔法壜《まほうびん》の湯を急須に注ぎながら、

「影絵を作ったんですよ、セロファンを使って。……色つきのきれいな影絵なんです」

と言った。

「その窓を舞台にみたてて、わざわざ主人に外に出てもろて私の創《つく》った劇を観てもろてたんです」

「おかげで、びしょぬれです」

栗山さんの亭主は人の好《よ》さそうな笑顔を浮かべて、濡れた靴下を脱ぎ、ハンカチで肩や膝《ひざ》のあたりをぬぐった。小柄だが、がっちりした体つきの、栗山さんよりも五つ六つ若くみえる人だった。

「……はあ、影絵ですか」

それは、赤や黄や青のセロファンとボール紙と細い棒とで作られた鳥や花や星や人間たちだった。棒を使って鳥のくちばしとか、人間の手足が動くように細工してあった。

「詩を書いたり、童話を創ったりするのが好きやったけど、もう長いこと遠ざかってたんです。それがこのごろ、こんなものでも自分で作ってみようと思うようになりましてねェ……」

「ああ、それは元気になってきた証拠ですよ」

とぼくは言った。ぼくはお茶をすすりながら、どしゃぶりの中に長いあいだ立っていた栗山さんの亭主を見つめた。雨の降る暗い戸外から、ガラス窓越しに操られている影絵を観てやっている亭主の心情が、倦怠感《けんたいかん》に包まれ始めたぼくの体をいっそうしゅんとさせてきたのだった。

「ほんとは、ハトロン紙でスクリーンを作って、そのうしろから光を当てて影絵を動かすんです。そしたら、ハトロン紙から色が透いて見えて、すごくきれいで……」

なるほどハトロン紙の代わりに、ガラス窓を使ったのかとぼくは合点《がてん》がいった。そのためにわざわざ、部屋の電気を点《とも》し、亭主を庭に出させてそこから眺めさせたのである。

「ご主人が、あんまり長いこと雨の中に立っているので、何事かと思ったんです」

いつもは小刻みに息をして、青くむくんだ顔をうなだれている栗山さんが、そのときは妙に快活そうに振舞い、夫にしなだれかかるようにして喋った。

「劇の題、宇宙の精力っていうんですよ」

「……へえ」

「こないだ、尾崎さんが、宇宙の精力に圧しつぶされそうになるって言いはったでしょう。それをヒントに、短い物語を創ったんです」

すると栗山さんの亭主が、首をかしげて言った。

「私には、なんであれが宇宙の精力なんか、さっぱりわかりまへんなァ」

「いやァ、わかれへんかった？　そらあかんわァ。人が観てわかれへんもんを創ったかて、しょうがないわねェ」

ぼくは、栗山さんの創った影絵の劇がどんなあらすじなのか訊こうとしてやめた。

体がだるく、何度も欠伸《あくび》が出そうになるからだった。栗山さんはカステラを切ってくれたが、ぼくは何とか理由をつけて自分の部屋に戻った。ベッドに横たわり目を閉じていると、いつのまにか眠ってしまった。

真夏の北病棟は、想像していた以上の暑さだった。母に頼んで買って来てもらった寒暖計は、いつも正午には三十六度を越えた。ぼくは上半身裸になり、パジャマのズボンの裾《すそ》を膝までまくりあげて、一日中、扇風機を廻しつづけていた。こんなところにいたら、治る病人も治らないのではないかと思い、院長に、夏のあいだだけ冷房のある部屋に移してくれるよう頼んだ。喀痰《かくたん》検査の結果もマイナスだったから、人に病気をうつす恐れはないのである。

院長は許可を出してくれたが、あいにく鉄筋の病棟の中にある部屋はほとんど満室で、空いているのは差額ベッド代の高い個室とか特別室ばかりだった。ぼくは腹が立って、それならば意地でもこのあばら家に住みついてやると決め、近くのスーパーに行ってスダレを買い込み、ポプラの樹だけではさえぎれない光を弱めようと、それらを窓に吊るして、西陽の余熱から少しでも逃れることを試みた。

だが、薄い屋根を通して伝わってくる熱気はすさまじく、かえって風通しの悪くなった病室の温度は上昇するありさまで、ぼくは結局買ったスダレを全部取り外して、ベッドの下にしまい込んでしまった。ぼくはひたすら夏が去ってくれることを願うしかなかった。涼しくなれば、病気も好転するかも知れなかった。

夜、テレビのナイター中継が時間切れで終わり、それがちょうど消灯時間と重なっていたので、ぼくはテレビを消し、部屋の電気も消してベッドに転がった。病院の近くに西宮球場があり、いまテレビで観ていた試合が、まだそこでつづけられている。球場の明かりが、廊下の向こうの夜空を照らしていた。近くといっても、球場は何キロも先で、ぼくのいるところからは見えないのである。

ぼうっと浮かびあがった明かりの下に白い大きな建物がそびえていた。たくさんの窓にはそれぞれ電灯が点り、ときおり人間らしい姿がよぎったりしていた。もう四ヵ月近く入院していたが、ぼくはそこにそんな大きな建物があることに初めて気づいたような気持になった。ナイターの照明を背に建っていたから、建物自体が光っているみたいにみえた。建物の屋上にネオンが点っていたので、ぼくは寝転がったまま、目を凝《こ》らした。市立中央病院という文字が読み取れた。そう言えば、この付近に市立の病院があると誰かから聞いたことを思い出し、ああ、あれがそうなのかと思いながら、ぼんやり眺めつづけた。そうしているうちに、なぜかしみじみとして来た。病院のベッドに臥したまま、別の病院の灯を見つめている不思議さであったかも知れない。六階建ての、大きな白いビルがあり、そこにたくさんの病人が寝ている。その病院は遠い背後から、大観衆で埋まった球場の光を浴びている。それを、ぼくは別の病院のベッドから見つめているのだ。ただそれだけのことが、ぼくの心をゆったりとさせてきたのだった。

ぼくは長いあいだ、市立病院の窓の灯と、背後に茫洋《ぼうよう》と浮かびあがるナイターの照明を見ていた。入社早々、長期療養で会社を休まなければならなくなった自分の今後のことや、やっと慣れて来た仕事のことや、いっこうに恢復《かいふく》の兆しを見せない病状のことなどを考えたが、心は少しも重くなかった。

五日つづきの熱帯夜で、病室は噎《む》せかえっていた。とても窓を閉めて寝られる状態ではなかったが、朝方の涼気で風邪をひくことを考えると、暑さを我慢しなければならないのだった。ぼくはベッドから起きあがり、足音を忍ばせて階下に降りた。そして、中庭の藤棚の下に腰を降ろした。栗山さんの部屋の明かりが、ぼくのいるところを仄明《ほのあか》るくさせていた。ぼくが、自分の脛《すね》の毛や足の甲の皺《しわ》をぼんやり見ていると、鉄筋の病舎のほうから光が近づいて来た。看護婦がふたり担架を持ってやって来、

「あら、尾崎さん、もう消灯時間をとっくに過ぎてますよ」

と言った。

「栗山さん、どうかしたの？」

ぼくは訊いた。若いほうの看護婦が、

「部屋を変わるのよ。ここは暑いでしょう。栗山さんには辛《つら》いからねェ」

と答えて、口の中のチューインガムを紙に包んでポケットに入れた。

「担架で運ばんとあかんのん？」

「ここ二、三日、具合が悪いのよ」

中年の看護婦がぼくに笑いかけて、

「とうとう、尾崎さん、ひとりぼっちよ」

と言った。鉄筋の病舎の戸口に寝台車が置いてあったから、ふたりは担架に栗山さんを乗せて、中庭を運んでいくつもりらしかった。しばらくすると、栗山さんが運ばれて来た。中年の看護婦が荷物を持ち、栗山さんの亭主が担架のうしろのほうを持っていた。栗山さんは目を閉じて、額に腕を載せていた。亭主はぼくに軽く頭を下げて、そのまま藤棚の下を通り過ぎ、寝台車を待たせてある戸口まで行った。看護婦の手に下げた懐中電灯の光が鉄筋の病舎に消えてしまうと、虫の音が高まってきた。

　栗山さんの亭主は、それから中庭を何度も行ったり来たりして、荷物を運んだ。最後の荷物を小脇にかかえて、彼は病室の灯を消した。暗闇《くらやみ》の中をまだ坐りつづけているぼくの傍に立ち停まって、

「長いこと、お世話になりました」

ともう一度頭を下げた。

「涼しくなったら、またこっちへ移って来るんでしょう?」

「さあ、どうでしょうか。院長が、もう恢復は難しそうだって言うんですよ」

「……そんなに悪くなったんですか」

「肺がまともに働かないもんですから、心臓が弱ってしまって。やっぱり暑さはこたえたようですねェ」

ぼくはひとりになってからも、藤棚の下に坐り込んで、市立病院の灯と、背後の薄明かりを眺めつづけた。そのうちナイターが終わったのか、夜空がふっと黒くなった。それまで後光《ごこう》のような光に隈取《くまど》られていた巨大な市立病院の外郭が、その瞬間紅炎に包まれるように閃《ひらめ》いた。目の錯覚だったのだろうが、ぼくには色あざやかな影絵が、夜空に浮いて出て、ぱたんと倒れたような気がしたのである。

誰もいない北病棟の二階で、ぼくはじっと秋を待った。昼下がり、午睡から目を醒ますと、誰かがさっと逃げ隠れて行くような音に驚かされる。だがそれは気のせいで、北病棟はぼく以外誰もいないのだった。それでもぼくは、ときどきドアから顔を出して、廊下や便所の様子をうかがってみる。

注射を打った日は、とりわけ誰かがじっとひそんでいるみたいな、音ともつかない音が耳の奥に流れている。耳鳴りとまでは言えないものの、ある奇妙な気配が頭の中心部から離れて行かないのである。顔はいやに腫《は》れぼったく、絶えず濡れタオルを押し当てているような感触が漂い、物を食べたり口を動かしたりすると、唇が痺《しび》れてじわじわ震えるみたいな不快感がつづく。ストレプトマイシンの副作用で、注射を打って、二、三時間でそういう症状が始まり、そのまま七、八時間消えていこうとしない。誰もが大なり小なり感じるものらしかったが、静まりかえった北病棟にひとり臥していると、ストマイで耳が聴こえなくなった人の話を何度も思い出し、少し大袈裟《おおげさ》に不快感を訴えて注射をやめてもらおうかと考えたりする。しかし、耳が聴こえなくなることと、結核が治ることとを天秤《てんびん》にかけると、いま注射をやめるのは損ではないかという結論に達してしまうのである。

気温はまだまだ夏だったが、雲の形に秋の気配が見えて来るようになった。ぼくは寂しさに耐えられなくなっていた。別段しょっちゅう言葉を交わさなくとも、同じ建物の中に人がいるだけで孤独感は薄らいでいたのだとぼくは知った。栗山さんが別の病棟に移ってから約四十日間、ぼくは北病棟にひとりで暮らしてきたのだった。その間、訪れて来た人は、母と会社の同僚が二人、それに看護婦だけだった。ときおり院長が窓の下から声をかけることもあった。

「変わりはない？」

「……はい」

「少し散歩しなさいよ」

「……はい」

会話はいつも決まっていて、院長はそのまま早足で鉄筋の病棟の中の診察室に帰って行くのである。

その日、うとうとしていると看護婦に起こされた。

「尾崎さん、レントゲン室に行って下さい」

「あれ、きょうレントゲン撮るの？」

突然言われて、ぼくは慌てて中庭を横切って行った。顔馴染《かおなじ》みのレントゲン技師がぼくを待っていた。

「こないだ写真を撮ったのは六月上旬やったねェ」

「うん、二ヵ月おきに撮るって院長が言うてたから、予定より遅れてるよ」

ぼくは不満を顔に浮かべながらパジャマを脱いで台の前に立った。現像が仕上がるまでのあいだ、ぼくは心臓をドキドキさせて、レントゲン室の前を行ったり来たりしていた。技師がぼくの胸部写真を持って診察室に入って行くと、すぐに名前が呼ばれた。

「穴が埋まったよ」

と院長が言った。

「大きいほうの穴が埋まった。右肺の影も引いて来たし、いよいよ治り始めたわけだ」

「ありがとうございました」

ぼくはかつて、そんなにも心を込めて、人に礼を言ったことはなかった。待合室の赤電話で母に電話をかけ、その由《よし》を伝えると、ぼくは小走りで北病棟に帰って行った。栗山さんの亭主が、泉水の横で洗濯物を干していた。金木犀《きんもくせい》の木と藤棚とのあいだにナイロンの紐《ひも》をわたして、そこに女物の下着を吊るしている。会釈してから、ぼくは泉水の縁をぐるぐる廻った。嬉《うれ》しくてたまらなかった。ぼくは泉水の中の青みどろを指でかき廻しながら、

「奥さんの具合、いかがですか？」

と訊いた。栗山さんの亭主は少し口ごもってから、洗濯物を干す手を止め、泉水の縁まで歩いて来て煙草をくわえた。

「もうあと二、三日じゃないかって言うんですよ」

「二、三日？」

「院長に、そう言われましてねェ。娘を嫁ぎ先から呼んだり、家内の兄妹に知らせたりしてます」

ぼくは無言で青みどろをちぎり取り、泉水の縁になすりつけた。トンボがぼくと

栗山さんの亭主のあいだを飛び交っていた。

「宇宙の精力って、どんなあらすじやったんですか?」

ぼくの言葉に、栗山さんの亭主は怪訝《けげん》な面持ちで、はあ、と訊き返した。

「あのセロファンで作った影絵です」

「ああ、ぜんぜん覚えてませんねェ。言う通りにして、外に立ってただけですから……」

ぼくはもっと何か言おうとしたが、言葉が出てこなかった。栗山さんの亭主は空《から》になったポリバケツを下げて鉄筋の病舎に帰って行き、ぼくはそのまま北病棟の中の階段を昇って自分のベッドに戻った。もうひとつの空洞が埋まり、影があらかた消えてしまうまでには、さらに四ヵ月はかかるだろうと思った。すると今年いっぱいは、たったひとりでこの北病棟で暮らすことになる。雨の音や遠くの子供たちの喚声に聞き耳をたてたり、カーテンの隙間から差し込む陽の光や窓辺にちらつく羽虫の行方を追ったりして、物言わぬ孤独な生活をつづけていくことになるのである。

ぼくはその寂しさを思うと逃げ出したい気持に駆られたが、抑えようのない嬉しさが、ひきしめてもひきしめても、ぼくの表情をゆるませるのだった。ぼくはじっとしていられなくて、もう一度中庭に降りて行き、ナイロンの紐に吊るされた栗山さんの下着をときおり横目で見やりながら、泉水の縁やら藤棚の下やらを歩いた。

栗山さんの下着は大きくて男物のようだった。ぼくは、いつか見た栗山さんの、鼻梁に散ったそばかすを思い出した。

空を見上げると、陽を受けた飛行機が一機、青い空の中を飛んでいた。その眩ゆい銀色の光を見て、ぼくはあんなところにも、たくさん人間がいるではないかと考えた。ぼくは中庭で幾度も屈伸運動をしてから再び病室に帰り、夕方まで眠った。

火

雨が降ってきた。早く大阪へ帰って、いったん会社に顔を出し、きょうの首尾を上司に報告しておかなければいけないのだが、山路啓一は、にわか雨の降る夕暮の京都の繁華街を首をすくめて緩慢《かんまん》に歩いて行った。彼は、仕事の終わる時分の、にわか雨が嫌いだった。

阪急電車で梅田まで出たほうが、時間的には早そうな気もしたが、南座の前を通って河原町へと足を運ぶ途中、京阪電車の四条駅のプラットホームが目に入った。京阪で淀屋橋《よどやばし》まで行き、そこから御堂筋《みどうすじ》を北へ行っても、会社の前に出る。歩く量はどちらも同じくらいだと思い、彼はそのまま京阪電車の切符を買った。

電車は思ったほどには混んでいなかった。前のほうの車輛《しゃりょう》の、ドアに近い座席に腰をかけ、何気なく向かい側の座席に坐《すわ》っている男を見て、はっとした。見覚えがあった。次々と乗客が乗り込んできて、男と啓一のあいだを通り過ぎたり、そのまま立ちはだかってさえぎったりしたが、そのつど啓一は体を左右に傾け、人と人の隙間《すきま》から男の顔を見つめた。男は啓一に見られていることには気づかない様子で、車内吊りポスターを眺めたり、後ろに首を廻して景色を見やったりしている。啓一は、あまり視線を長いあいだ注いでいるのも具合が悪いように思い、神経は片時も離れないままに、知らぬふりをして二、三駅のあいだ別のところを見ていた。

　男は五十を少し過ぎたぐらいである。啓一が、男とひとつ屋根の下で暮らしたのは小学校の四年生のときだったから、もう二十年前になる。確か当時三十歳ぐらいだったという記憶があるから、歳格好《としかっこう》も符合する。髪には全体に白いものが混じり、当然、顔にも首にも手の甲にも、あのころとは違ったたるみや衰えが加わっているものの、骨細い、肉の薄い体つきや、油っ気のない頭髪を額の部分で切り揃《そろ》えているさまは、二十年前と寸分変わっていない。あまりにも変わっていないことに、逆に心打たれるほどである。丸く飛びだした大きな目を、くっきりした二重瞼《ふたえまぶた》がくるんでいる。日本人離れした高い鼻の先端がかすかに赤い。よく洟《はな》をかむので、いつも充血していたのだが、それも昔と少しも変わっていない。

　啓一が男の顔をはっきり覚えているのは、高校生のときに観たフランス映画の中に、そっくり似た顔の俳優が出てきたからであった。映画の題も忘れたし、ほんの脇役にしかすぎなかったフランス人俳優の名前などわかりもしなかったが、啓一は、映画館の暗がりで、思わず声を出しそうになった。

監獄の話であった。幾人かの囚人《しゅうじん》の中に、ストリッパーの亭主がいた。女のことであやまって人を殺す。虫も殺せないような気弱なおどおどした男である。いつも面会日には好物のパイを焼いて、そのストリッパーはやって来る。ところがだんだん足が遠のいて行く。ある日、他に男が出来て結婚すると伝えにやって来た。その夜、男は独房で首を吊って死んでしまう。そういう役どころだったが、表情といい、目の光といい、啓一の心に残っていた風貌《ふうぼう》と男の持つ何物かとがを瓜二つ《うりふた》だった。それで、それまで忘れていた男のことが、啓一の中に強く張りついてしまったのだった。

だが、他人のそら似ということもある、と啓一は思った。外国の俳優にさえ、あんなによく似た人間がいたくらいだから、同じ日本には、もっとよく似た男がいても不思議ではない。啓一は、男が腕組みをして目を閉じたので、安心して視線を強く注ぎ、じっと顔つきをさぐった。目鼻だちも似ているが、全体の感じ、それも服装からくる雰囲気がそっくりだった。もし、これが間違いなくあの男だとしたら、さあどうしてやろうかと啓一は思った。自分の目つきが、異様に強く険しくなっていることに気づいて、彼は視線を足元の通路に落とした。

雨の雫《しずく》が顔にあたった。近くの窓があいているのだが、誰も閉めようとしない。乗客はいつのまにかまばらになっている。啓一は立って行って、窓を閉めた。なかなか閉まらないので、力いっぱい引き降ろすと、車輛に響き渡るほどの金属音をたてて、窓は落ちた。その音で男は目をあけ、啓一を見た。啓一は顔が熱くなった。まさか、自分の顔を覚えているはずはなかろうと思って、そっと様子を覗《のぞ》くと、男は啓一から目をそらせて、せわしなく車内のあちこちをうかがっている。かりに間違いなくあの男だとしても、二十年前の、九歳か十歳の子供の顔を覚えているはずはなかろう。啓一は安心して、またときどき男の顔に視線を走らせたりした。しかし、どうしても決定的なしるしをつかみたくて、彼は電車がどのあたりを走っているのかわからないほどに、男の一挙手一投足に心を配っていた。

ただし啓一は、どうあっても自分のことには気づかれたくなかったから、声をかけてみるわけにはいかないのであった。啓一の斜め前に坐った男は、組んだ足の先を貧乏ゆすりしながら、小さな欠伸《あくび》をした。鼻の赤いのが、男をいっそう色白にみせている。茶色い安物のジャンパーの衿首《えりくび》が大きくあいて、そこから下に着込んだワイシャツの第一ボタンをきちんと止めているのが見えた。それが、男をみすぼらしくさせていた。

「何やしらん、びっくりしたような目ェやなあ」

と母の直子はそっとつぶやいた。男は二階の四畳半にあがって、持って来た蒲団《ふとん》の荷をといているのか、しばらく降りてこなかった。三年ほど住み込みで働いてくれた青年が辞《や》め、人手が足らなくなっていたが、得意先の主人の世話で、やっと品物の配達をしてくれる人がみつかったのである。啓一の父は、事務機や文具を、会社や商店に直接販売する仕事を、わりと手広く商っていた。北浜や淀屋橋や中之島の官庁街にも入り込んで、その類《たぐ》いの店としては名の知れた存在だった。

父の国造はいつものとおり、まぐろの刺身を肴《さかな》に一杯やっている。頭の毛は相当薄くなり、側頭部と後頭部にだけ、ふさふさしすぎるくらい毛が生えて、それを長く伸ばしている。

「まあ、おとなしそうな、ええ人間やないか」

「……けど」

と直子は、いま糠《ぬか》を洗い落としたばかりの胡瓜《きゅうり》をそのまま皿に載せながら、上目づかいに二階を見上げた。

「三十にもなってるわりには、何やもうひとつ、ぱっとせん男でんなァ。前の伊藤さんが感じのええ人やったから、よけいにそんな気がして」

「そないお前の好みで、使用人を選ばれたらかなわんなァ。まあ、言われたとおりに働いてくれる男やったら、それでええねや」

男が降りて来て、遠慮げに階段の上り口に坐った。直子はにこやかに座蒲団を座

卓の前に差し出し、

「気楽にしなはれや。きょうからこの家《うち》のものやさかい。晩御飯は、よっぽど仕事が混んでるとき以外は、七時からと決めてますのや。朝も七時、お昼は十二時ですよってに」

国造は、長いままの胡瓜のつけものを、いい音をたてて嚙《か》み切った。それが合図で、直子は御飯にお茶をかけて国造の前に置く。啓一は食べきれなくなった自分の御飯をお茶づけにして腹に流し込むと、そのまま二階の自分の部屋に入った。父と母は、下の八畳で寝起きするが、啓一には二階の六畳が与えられて、小学校にあがってからはひとりで寝るようになった。

家は大阪市北区の老松町《おいまっちょう》というところである。小さな貸ビル、いっぱい飲み屋、スタンド、仏壇屋、理髪店、うどん屋といった店が、狭い道路をあいだにして向かい合っている。中之島公園から北へ少し入ったところで、勤め人相手の昼食屋も多い。道はきちんと碁盤の目のように張りめぐらされているが、薬屋やパーツ屋や自転車屋などの店先には、入り切れない商い物が道路上にまで並べられて、少し大きい車が通るときはひと苦労する。〈山路事務用具店〉の前にも、梱包《こんぽう》されたままの商品が山積みされて、そのあいだに割り込むように、配達用の自転車が置かれているのである。店の奥に、国造と直子の寝室と台所兼食堂があり、二階が住み込み用の四畳半、それに啓一の六畳、裏に別棟で木造の倉庫がある。

啓一が自分の部屋で寝そべって、漫画の本を見ていると、階段がみしみしと音をたてた。襖《ふすま》ひとつでさえぎられている隣の四畳半に、男が入って行った。母の直子が思わずつぶやいたように、確かに男は特異な風貌をしていた。何かに驚愕《きようがく》して、ぎょっと瞠《みひら》いたような目を力なく動かしている。何となく好きになれそうにないなと思いながら、啓一は建てつけが悪くなって、ちゃんと閉まることのない襖の隙間から、男の様子をのぞいてみた。男はちり紙を出して、洟をかんだ。

前にいた伊藤さんは、機嫌のいい日は、よく宿題を手伝ってくれた。キャラメルとか、南京豆とか、色のついた怪しげな菓子を、襖越しに手渡してくれたが、こんどの男は、どうもその点でも期待できそうにない。男のくせに、顔の色が、化粧を落としたばかりの女のそれみたいで、啓一には妙に薄気味悪く感じられるのであった。啓一は思い直して、襖を少し開くと、

「名前、何て言いはんのん？」

と問いかけてみた。男は声のしたほうをさぐった。男の部屋よりも、啓一の部屋の灯《あか》りのほうが暗いので、よく見えないようであった。男は立ちあがり、近づいて来て、

「古屋」

と不愛想に答え、

「あんまり勝手にのぞかんとってや」

と言った。啓一はばつの悪い思いで、そのまま座机《すわりづくえ》のところに坐り、教科書を片づけた。とにかく主人の一人息子だから、使用人は、啓ちゃん、啓ちゃんと可愛がってくれる。それで啓一も、それをいいことに随分わがままにふるまっている。だから、男のようなあつかい方をされるのが、いちばんこたえるのである。古屋は襖の隙間をなんとか直そうと、いじくっていたが、あきらめてそのまま部屋の灯りを豆電球に変えた。古屋の洟をかむ音が、また聞こえた。啓一は階下の両親のいる部屋へ降りて行き、ふくれっつらをして直子にまとわりついた。

「何やねんな。ねんねみたいに。もう寝る時間でっせ」

「あいつ、何か気色悪いねん」

「あいつとは何ですねん。古屋さんて言いなはれ」

「古屋さんなあ、洟ばっかりかんどるねん」

「洟かむぐらい、辛抱しなはれ。誰かて、洟ぐらいかむわいな」

「……うん」

啓一はそのとき少し大袈裟《おおげさ》に言ったのだが、古屋は〈山路事務用具店〉に勤めるようになっても、実際、洟ばかりかんでいた。命じられた仕事はいやそうな顔もせず、きちんとやり終えるし、配達に出て行っても、どこかでさぼって時間つぶしをしてくる気配もない。一度見たら忘れることのないような特徴のある顔つきなのに、立居振舞いや言葉つきには、人の気をひくところがまるでない。黙って事務所の端に坐っていると、いるのかいないのかわからないときがある。ところが何となく神経にさわるのである。

はじめのうち、国造も直子も、それがなぜなのか思い当たらなかったが、啓一の言葉を思い出して合点《がてん》がいった。とにかく古屋は、四六時中、洟をかむのである。ポケットには、いつもぶ厚くたたんだちり紙が入っている。朝、店先の掃除をしながら、手を止めて何度も洟をかむ。配達から帰ると、受取書を所定の箱にしまう前に、まずちり紙を出す。

「そやから言うたやろ。僕なんか、隣の部屋にいてるから、うるそうてかなわんわ」

啓一は声をひそめて言った。古屋がいつものとおり小声で、ごちそうさまでしたとつぶやいて二階へあがってしまうと、直子は、

「あの人、鼻が悪いんやろか?」

と国造に話しかけたのである。

「そらそうや。あない何べんも洟をかまれたら、隣で寝てるもんは、かなわんや

ろ」

「いっぺん、耳鼻科へでもつれて行ってあげたらどないです？」

「僕、夜中に何べんも目ェ醒《さ》めるねんでェ」

と啓一は嘘《うそ》を言った。本当は、ぐっすり眠り込んでいて、古屋が夜中に洟をかむ音を一度も耳にしたことはないのだった。美容院に行ったばかりの頭にネットをかぶせたまま、直子は顔をしかめて天井を見上げた。それが、ぜんぜん似合わない髪型を、うらめしげに見やっているように思えて、啓一は、

「お母ちゃんの頭、魔法使いのお婆《ばん》みたいや」

と言ってしまった。

「四、五日せんとな、ちゃあんとなれへんねや」

膳の上のものを台所に運んで行く直子に、国造は言った。

「鳥取に、娘がおるそうや」

直子は驚いたように戻って来ると、

「へえ、ひとりもんと違いましたんか？」

「いや、ひとりもんは、ひとりもんや。けど、娘がいてて、姉さんに預かってもろてるそうや」

「なんで、ひとりもんで、娘がいてますねん」

「そら、生き別れか、死に別れか、とにかく以前に嫁はんがおったんやろ。早いとこ、きちんと生活のめどをたてて、娘と一緒に暮らせるようになりたいて言うとったそうや」

「誰にです？」

「うちに紹介してくれた、早瀬さんにやがな」

「そやけど、うちらには、そんなこと一言も喋《しゃべ》らしまへんなァ」

その夜、啓一は、さかりのついた猫の、すさまじい絶叫で目をあけた。誰かが物を投げつける音と、逃げて行く猫が、途中、植木鉢をひっくり返す音とで、目が醒めてしまった。物を投げたのは、どうやら古屋だったらしく、何度も寝返りをうっている様子が伝わってきた。啓一は、ふと自分のついた嘘を思い出して、古屋が湊をかんでくれないものかと、聞き耳をたてた。するとかすかな物音がつづいて、襖の隙間に赤い色がさした。赤い色はだんだん弱まって、また暗がりだけになった。しばらくすると、古屋の部屋から、何か燃えているような光がこぼれてきた。火の色は啓一の部屋の壁を伝って、消えた。

最初、啓一は古屋が煙草に火をつけたのだと思っていたが、そのうち、そうではないことに気づいた。赤い光は、ついては消え、ついては消えた。それは一定の間隔をあけて、いつまでもつづいた。耳をすましていると、どうやら古屋はマッチを擦《す》っているようだった。啓一は不安な気持で、隣の部屋から洩《も》れて来る小さな焰《ほのお》のゆらめきを見ていた。箱からマッチの軸を取り出す音、それを擦る音、次いでぱあっと狭い室内に充満する火の色、だんだん消えて行く火が、最後にもう一度勢いを得て、それからふっとかき消えてしまったあとの闇《やみ》。またマッチの軸を出す音、る音、火の色、闇。もう一本、もう一本、もう一本……。

啓一は息をする音にも気をつかって、じっと古屋の部屋に神経を注いでいたが、とうとう我慢しきれなくなって起きあがった。足音を忍ばせて、襖に近づくと、隙間から向こうをのぞいた。ちょうど燃えさかるマッチの火が、古屋の顔を照らし出していた。古屋は、蒲団をかぶり、腹這《はらば》いの格好で、首だけ出してマッチの火を見つめている。闇の中に、赤い大きな目が浮いている。もう持っていられないところまで軸を燃やすと、古屋はそれを灰皿に落とすのだが、そのとき火は彼の顔面を下から照らして、高い鼻の影を眉間《みけん》に投げかける。すると、くっきりしすぎて、まるで大きな皺《しわ》みたいに見える二重瞼が目玉を半分覆《おお》ってそのまま動こうとしない。うっとり何かを楽しんでいる目つきで、消える瞬間の火を見つめているのである。

いつしか灰皿には、マッチの燃えかすがうずたかく積まれていた。硫黄《いおう》の匂いと、軸の燃える匂いが、啓一の部屋にも漂い始めた。古屋の枕元には、マッチの箱が数十個、ピラミッド型につまれていた。中身が尽きると、古屋は闇の中でもぞもぞしてから、別のマッチ箱に手を伸ばし、またさっきと同じ動作をつづけるのである。マッチを擦る、火を見る、それを灰皿に落とす、目を細めて残りの焔が消えていくさまを凝視する、闇、物音、燃えあがる火、浮き出す顔、硫黄の匂い、ゆらめき……。

古屋は、いつまでも同じことをつづけた。啓一が自分の蒲団に戻ってからも、光と闇の反復はつづいた。その奇妙な行為が、いったい何を意味するのか、啓一には見当がつかなかった。

「いややわあ、火事にでもなったらどうするのん。そんな気色悪い人、うちの二階においとかれへんがな」

啓一の話を聞いて、直子は不安そうに顔をしかめた。直子は事務所に坐っている国造を手招きして呼ぶと、啓一から聞いた昨夜の古屋の行動をそのまま伝えた。

「何やそれ、けったいな男やなァ」

「ちょっと、おかしいのと違いますやろか？」

直子は自分の頭を指差しながら、事務所の中や、店先をうかがった。

「いま配達に出てるけど……。何でマッチの火ィ見とったんや、なんて訊《き》いてみるわけにもいかんでェ」

「……そやけど」

不審に思いながらも、話はそのままになった。古屋は真面目に勤めてくれたし、よく洟をかむというだけで、他には別段気に障ることもない。夜中の奇妙なふるまいも、啓一はその後一度も目にしなかった。ただし、目にしなかったのは、啓一が夜中に目を醒ますことがなかったためである。

その日、啓一は近所の友だち二、三人と銭湯へ行き、湯につかっただけでほとんど体を洗わないまま、大急ぎで服を着た。銭湯から五軒ほど隣が電器屋で、今夜はプロレス放送があり、ショーウィンドウに据《す》えつけたテレビを観せてくれる。テレビなど、電器屋か、よほど新しがり屋の喫茶店ぐらいにしか置いてなかったから、プロレス中継のある日は、ちょっとした騒ぎになる。電器屋の前は大きな人だかりが出来、車どころか、自転車すら通れないありさまとなるのである。近所の人から苦情が出て、巡査が注意するために駆《か》けつけてくるのだが、彼もまたいつのまにか勤務もそっちのけで、黒いタイツの力道山《りきどうざん》を見るために、いちばんいい場所に割り込んでくる。

啓一たちは銭湯を出ると、全速力で電器屋まで走った。放送時間までまだ三十分もあるというのに、テレビの前にはかなりな人だかりが出来ていて、いい場所はすでに顔馴染《かおなじ》みのおとなたちに独占されていた。ぴょんぴょん飛びあがって、まだスイッチの入れられてないテレビを観ながら、啓一は友だちのひとりをこづいた。

「ちぇっ、お前がもっと早いこと服を着ィひんさかいや」

するると誰かが啓一の腕をつかんで引っ張った。古屋であった。こっちへ来いというふうに、通りを西に歩いて行く。どうしようか一瞬迷ったけれども、何かわけがありそうで、啓一は石鹼箱《せっけんばこ》を濡《ぬ》れた手拭《てぬぐ》いで包むと、古屋のあとを尾《つ》いて行った。

古屋は通りの端に最近開店した喫茶店の前まで来ると、振り返って言った。

「ここも、テレビが置いてあるんや」

喫茶店の前に大きな貼り紙があった。〈テレビジョン購入。本日プロレス大放送〉と書いてある。

「へえ、おごってくれるのん？」

「プロレス観たいんやろ」

「うん。おおきに。……僕、ソフトクリームでええよってに」

店内はすでに満員で、古屋と啓一は、テレビからいちばん離れている席のやっと二つ空いているところをさがし、並んで腰かけた。古屋は一オクターブ高い、鼻にかかった声で、ソフトクリームを二つ註文した。顔をテレビに向けたまま、横目で啓一を見て、笑みの混じった表情で言った。

「観たかったら、来週もつれて来たろか？」

「えっ、ほんま？　おおきに。……プロレス観てたら、体がかっか燃えてくるねん」

そう言い返したとき、啓一はいつぞやの、マッチを擦りつづけていた古屋の、闇に浮いた赤い目玉を思い出した。自分を見ている古屋の目は、いまは半分ほどの大きさにすぼまって、いやに険しいものに見えた。啓一はテーブルの上に置いてあるマッチを手に取ると、軸をつまんで火をつけた。灰皿の上で、長いことマッチの燃えるのを見つめた。一本が終わると、別の一本を取り出し、火をつけた。古屋がやったのと同じように、無言で火に見入った。啓一の、古屋に対する一種の親愛の印であった。何か、古屋の気をひくことをやってみせたくて、啓一は咄嗟《とっさ》にそんな真似《まね》をしたのである。古屋は声を落とし、

「なんで、そんなことしてるねん？」

と訊いた。啓一は、こないだ古屋さんが夜中にしとったやろと言うつもりで顔をあげ、はっとして別のことを口にした。古屋の目が、粘りつくように自分に注がれていたのであった。

「マッチの火、きれいから好きやねん」

「へえ、なんで好きやねん？　そんなもんが」

「なんでて、きれいもん。ときどき夜中に、マッチ擦って遊ぶねんでェ」

プロレスが始まってからも、古屋はときおりブラウン管から視線を外して、啓一

の横顔をのぞき込んできた。啓一はソフトクリームを舐《な》め廻しながら、そんな古屋の視線を強く意識していた。せっかく待望のプロレスを観戦中だというのに、心が集中しないのだった。すると、古屋は啓一の顔に口を近づけてきて、くぐもった声で耳打ちした。

「啓ちゃん、そんな火遊び、ええかげんに止《や》めとかんと、そのうちどうしようもないようになるでェ」

啓一は黙っていた。一心にテレビに観入っているふりをして、体をこわばらせた。

「ほんまは、気持がええのやろ?」

と古屋は言った。

「ほんまは、気持がええのやろ?」

古屋は執拗《しつよう》に同じ言葉をささやいた。アナウンサーの興奮した声も、観客の喚声も、店内でテレビを観ている客たちの声も、啓一の耳には入らなかった。ただ古屋のささやきが、徐々に上ずってくるのを感じて、啓一はとうとう、うんと頷《うなず》いてしまった。古屋は周りを気にしながら、さらに声を上ずらせて言った。

「俺も、火ィ見てると、気持がええのや」

啓一は目だけ動かして古屋を見つめた。二人は顔をテレビに向けたまま、ほんの少しのあいだ目と目を見合わせた。

「気持がえぇのん? 古屋さんも」

「子供のときから、火ィ見てると、すっとするんや。俺、昔から蓄膿《ちくのう》でなァ。それで気がむしゃくしゃすると、マッチに火ィつけるんや。どんな薬もあかん、火ィ見るのんが一番や」

「チクノウ?」

「このへんがなァ、イライラっとしてくるんや。もうたまらんでェ」

そう言って、古屋は両方の頬骨《ほおぼね》をてのひらで押さえた。

「火ィ見たら、治るのん?」

古屋はにやっと笑って、赤く薄い唇を歪《ゆが》めた。

「治るどころか、すうっとしたうえに、女よりええ気持にしてくれる」

テレビの画面では、前座の試合が終わって、いよいよ力道山が登場した。喫茶店の中は、坐れずに、立ったまま珈琲《コーヒー》を飲んでいる客もいる。しかし啓一は、もうプロレスどころではなかった。

「あっ、力道山や、力道山や」

啓一は、話題を変えたくて、わざとはしゃいだようにテレビの画面を見た。自分でも顔がこわばっているのがわかった。古屋はときおり何か話したそうに啓一を見つめることはあったが、それきり黙ってしまった。

啓一から話を聞いた国造は、途方に暮れたような面持ちで直子に言った。

「そんな気色悪い男、二階においとくわけにいかんなァ」

「あんた、そらもう早いとこ辞めてもろておくれやす」

「辞めてもらうて、そんなことぐらいで、一人前の男を馘《くび》にするわけにはいかんでェ。ほかには何の落度もあらへん。真面目に、よう働いてくれるがな。あんた、火ィ見るのが好きやそうなから辞めてくれまっか、てなこと理由になるかいな」

「そやけど、マッチの火ィだけではそのうち物足りんようになって、この家に火ィつけたろなんてことに」

しかし古屋は、それから十日後に、自分から店を出て行った。夜中のうちに事務所の金庫から売り上げ金を盗んで、そのまま姿をくらましたのであった。盗まれた額は、それほど多くなかったから、国造も直子も、かえってほっとした様子だった。古屋の部屋には汚れた薄い蒲団と洗面用具、それにマッチの空箱が百数十個残されていた。

「いつのまに、金庫の番号を覚えよったんやろ」

と国造は、自慢の堅牢《けんろう》な金庫の、開きっぱなしになった扉を手で叩《たた》きながら言った。

「これは、しかしプロの手口やなァ」

何日かたって、古屋のことが親子のあいだで話題にのぼらなくなったころ、啓一は寝入りばなに「火ィ見てると、気持がええのや」という声を聞いて、驚いて目を醒ました。しばらく蒲団に横たわっているうちに、彼はなぜかマッチの火を見たいという衝動に突き動かされたのである。啓一は慌《あわ》てて階下に降りて行き、眠り込んでいる母の蒲団に体を入れた。その後もしばしば、彼は夜中に同じ言葉を聞いた。

男は京橋駅で降りた。降りる気配などまるでなかったのに、ドアが開くと、さっと立ちあがって出て行ったから、啓一も思わずあとを追うようにしてホームに出てしまった。すっかり暮れてしまい、ネオンや電飾板の光を受けた大粒の雨が、夜のなかでかえってあざやかに形を見せていた。

もう二十年前のことで、いまさら男をどうしようという気もなかった。金を盗まれたといっても、すでに時効になっている。国造もこの世にはいないし、〈山路事務用具店〉も数年前に閉めてしまった。啓一は大学を卒業して繊維メーカーに就職し、会社に近い東淀川区のマンションで歳老いた直子と暮らしている。

啓一は、前を歩いて行く男が、古屋なのか、それともよく似た別人なのか、確かめてみたい気持になって、そのまま一緒に改札口を出たのだが、ショッピング街を抜けて、国鉄のガード下をくぐるうちに、もうどうでもよくなってきた。京橋駅前の商店街には、さらに強くなってきた雨が、プラスチックのアーケードに当たって反響していた。勤め帰りの人々が、肩や髪を水滴に濡らして駈け抜けて行く。男は両手をポケットにつっ込み、肩を落として、少しじぐざぐな歩き方でアーケードの下を進んでいた。この街は、もう他の地では見られなくなったサンドイッチマンが数人、いつも黒い野球帽に黄色いハッピを着て、無表情に佇《たたず》んでいる。

途中で降りてしまったのだから仕方がない、国鉄で大阪駅まで出ようかと思ったとき、男は駅前の大きな喫茶店に入った。入る瞬間、サンドイッチマンに軽く手を振った。顔見知りらしいサンドイッチマンも、目で会釈をし返したのだが、ちらっと光に浮かんだ男の横顔が、記憶に残っている古屋とは、まるで違う人間に映った。もっと本質的に異なったものが、男の横顔に閃《ひらめ》いたように思えたのであった。

啓一は拍子抜けした気分で国鉄の駅まで歩いて行き、切符を買った。なんだ別人だったかという思いと、いや、やっぱり古屋に違いないという気持が縺《もつ》れ合った。啓一はもう一度確かめてみたくなった。彼は買った切符を上着のポケットにしまい、〈アゼリア〉という名の喫茶店に走った。

店内はかなり暗かったが、どこに男が坐っているのか、すぐにわかった。ゆらめく小さな焔が、きわだって大きい両の目と高い鼻を照らし出していたのである。男の顔前で擦られるマッチの火は、啓一の立ちつくしている場所からほんのわずかのところで、ついたり消えたりしていた。

小旗

父が精神病院で死んだ。危篤《きとく》の知らせを受けてからも、ぼくは梅田新道《しんみち》の大きなパチンコ屋で閉店まで玉をはじいていた。そうか、親父は死ぬのかと何度も思った。死に目に逢《あ》いたいとは思わなかった。ぼくはパチンコ屋から出ると、ときどき友人と入ったことのあるおでん屋へ行った。金は少ししか持っていなかったが、ビール一本に、おでんを二皿ぐらいなら払えそうだった。店の主人は、ぼくの顔を覚えていたらしく、

「ちゃんと大学に行ってるのかいなァ？　ええとこに就職して、サラリーを貰《もら》うようになったら、なんぼでも飲み食いが出来るんやから」

と多少小言めいた口調で笑った。

「こないだ、就職試験に落ちたんや」

とぼくが言うと、

「あたりまえや。卒業出来るかどうかわからんような学生を雇うような会社がある

かいな」

主人は空《から》になった皿の上に大根と蛸《たこ》を載せてくれた。どうやら主人の奢《おご》りらしかったが、ぼくは何も訊《き》かず、皿に載せてくれたものを食べた。ぼくと母は、梅田新道から東へ少し行った太融寺《たいゆうじ》というところにあるビジネスホテルで働いていた。母は地下の従業員食堂で賄《まかな》い婦をやり、ぼくはボーイとして夜の七時から十一時まで働いている。母は本雇いだったが、ぼくはアルバイトで、四時限目まで講義を受ける金曜日は休みの日にあてていた。だがその日は金曜日だったが学校には行かず、昼から梅田の歓楽街をほっつき歩いていたのだった。

ぼくはおでん屋の主人に、父が危篤であることを言おうかと思ったが、たぶん怒鳴られるに違いないと考えて口をつぐんでいた。主人は、頬骨《ほおぼね》の突き出た、ほとんど菱形と言っていいくらいの顔をぼくに向けて、しきりに煙草をふかしていた。勤め人らしい一団が去ってしまうと、店には、ぼくと主人のふたりだけになった。

ひょっとしたら、父はもう息を引き取ったかも知れないと考えながら金を払い、ぼくは梅田新道の交差点を西に歩いて、バスの停留所に立った。道には客待ちのタクシーが並び、酔っぱらいや、仕事を終えたホステスたちが乗り込んで行った。最後のバスが何時に通るのか知らなかった。あるいはとうに通り過ぎて行ったのかも知れず、ぼくは五分ほどどしてあきらめて歩き始めた。アパートは、梅田新道からまっすぐ西へ歩いて三十分ほどのところにあった。管理人のおばさんが、寝ないでぼくの帰りを待っていた。

「お母さんから何べんも電話があったでェ。お父さんが亡くなりはったそうや」

病院の電話番号を記した紙きれをぼくに手渡しながら、

「なんやしらん、遠いところの病院らしいなァ」

と言った。きっとお悔みの言葉を言おうとしたのだろうが、ぼくが無愛想に背を向けて部屋に入ってしまったので、そのまま何も言わず自分の部屋に戻って行った。ひとりで、寂《さび》しい通夜をしているだろう母のことを思った。死んだとわかると、ぼくは父の傍《そば》に行きたくなった。だが父のいるS病院に行くには、難波《なんば》から南海電車で四十分ほど行ったG駅で降り、そこからまだバスに二十分近くも揺られなければならない。そんな遠隔地にタクシーを飛ばして行ける金を、ぼくは持ち合わせていなかった。

水屋の引き出しやら、机の隅やらを掻《か》き廻して、ありったけの十円玉を握ると、ぼくはアパートを出て、公衆電話のボックスに行き、紙きれに記された電話番号を廻した。電話に出て来た病院の女の人が、急ぎ足で母を呼びに行く音が聞こえていた。

「なんで、病院にけえへんかったんや」

と母は言った。ぼくは、うんとつぶやいたきり黙っていた。

「お父ちゃん、夕方の六時に息を引き取りはった。ひとつも苦しまんと死にはった」

「いまからやったら、タクシーで行くしかないけど、お母ちゃん、お金持ってるかァ？」

母はしばらく考えていたが、

「もうあしたでええ。あしたの朝、一番でおいなはれ。お母ちゃん、ひとりでお通夜するさかい、京子ちゃんも、澄夫さんも、あした来てくれることになってるさかい」

母は親戚の名をあげてそう言った。

ぼくは電話を切ってから、S病院までタクシーで行ったら一万円はかかるだろうと考えた。ぼくたち親子には、一万円は大金だった。

ぼくと父とは、もう四年近く、別々に暮らしていた。父は最後のひと旗をと思って手を出した事業に失敗すると、そのまま姿を消した。債権者が押しかけて来、警察に訴えると言った。父はそのとき六十五歳だったから、もう再起など考えられなかった。

風態《ふうてい》の怪しげな男たちが、父の振り出した手形を持って、真夜中に訪れ、朝まで、居どころを教えろ、金目の物を出して償《つぐな》えと母に迫った。そんなことが、毎日のようにつづいた。何度も事業をおこして、そのたびに失敗してきた父には、必ずそれに似た事態がつきまとったから、母はもう精も根も尽きてしまい、そんなに欲しかったら命を持って行ってくれと真顔で言った。男たちは、母の結城《ゆうき》の羽織を持って去って行き、それきり顔を出さなかった。

ある日、父から手紙が来た。日時と場所を指定して、ぼくに来るようにと書いてあった。それはアパートの近くの踏切で、ぼくが待っていると、マフラーで頰かむりした父が、踏切の向こう側から手招きをした。喫茶店に入ると、父は頰かむりを取って言った。

「お母ちゃんは元気か？」

「なんでそんな不細工な格好をしてるのん？」

ぼくが訊くと、

「寒いからや」

と父は答えた。鼻水が口髭《くちひげ》を光らせていた。父は若いころから口髭を生やしていた。

「俺は、もう捨てたぞ」

ぼくが黙って父の顔を見ていると、

「お前も、来年は高校を卒業するんや。昔やったら元服の年や。もうひとりで生きて行けるやろ」

と言った。ぼくは父のたったひとりの息子で、それも父が五十歳のときに出来た子供だった。

「ぼく、大学に行きたいんやけど……」

すると父は、

「行かしてやりたかったけど、もう俺にはそんな力は失《な》くなってしもた。堪忍《かんにん》してくれ」

そう言って、かつて見せたことのない弱々しい笑みを浮かべた。父の顔は小さかった。その小ささが、首から下の頑丈さをいっそう際立たせるのである。顔は小さかったがよく太って、眉《まゆ》も濃く目は鋭く、獅子鼻が長い口髭をいつも小さく見せていた。けれどもそのときの父の風貌《ふうぼう》には、もうはっきりと老衰の翳《かげ》がにじみ出ていた。顔の肉は落ち、目の下はたるみ、獅子鼻に光沢はなかった。ぼくは、父がいったい何を捨てたのか、おぼろげにわかるような気がした。父は一万円札を五枚ぼくの手に握らせた。

「もうちょっと時期が過ぎたら、また連絡する。お母ちゃんに、そない言うとってくれ。もうあんなええ加減な亭主とは別れました、取り立て屋にはそう言うたらええんや」

「ほんまに、ぼくらと別れるのん？」

「別れようが別れまいが、親子は親子やないか」

父は立ちあがり、俺ももうじき七十やとつぶやいて喫茶店から出ると、またマフラーで頬かむりをして、通りを急ぎ足で遠ざかって行った。父のうしろ姿は、ひどくおちぶれて見えた。いったい父はどこへ行くのだろうと思い、ぼくは寒風の吹きまくっている埃《ほこり》っぽい夕暮の道を、父のあとをつけて歩き始めた。父は阪神電車のF駅の前を通り商店街を抜けて国道に出た。しばらく歩くと道は緩《ゆる》く曲がり、運送会社の大きな駐車場が見えて来た。昔、そこは空地だった。子供のぼくは友だちと足を伸ばして、その空地で遅くまで遊んだのだった。

父は駐車場の手前の路地を曲がり、なおも歩いて行った。同じような造りのアパートとか文化住宅がひしめき合って袋小路になっているそのいちばん奥のアパートの階段を昇って、右から二軒目の部屋に消えた。ぼくはそれを見届けると、地面に目を落として、震えながら家に帰って行った。母には、父の言葉をそのまま伝え、貰った金を渡したが、父がE町の運送会社の裏手のアパートに入って行ったことは黙っていた。

それから二ヵ月ばかり過ぎた夕刻、母が青ざめた顔をして帰って来ると、ネギとかトウフの入っている買い物籠《かご》を畳の上に投げつけた。

「お父ちゃん、女の人と暮らしてはったわ」

と言った。いつも行くマーケットが定休日で、母はE町の公設市場まで足を伸ばしたのだという。そこで父の姿を見かけた。三十五、六歳の小太りの女と一緒にラーメン屋から出て来たところだった。母は一瞬気が動転して、そのままあとも見ず家に向かって引き返そうとしたが、思い直してふたりのあとをつけて行った。そして、ふたりの住む運送会社の裏手のアパートをつきとめたらしかった。

「足が震えて、歩くどころか、立ってることもでけへんみたいになったわ」

と母は言った。母は近所の人の紹介で、阿倍野にある食堂で勤めるようになった。借金取りは、相変わらずアパートにやって来た。やがてあきらめて姿を見せなくなると、次の新しい借金取りが訪れるのだった。

そうやって年が明け、二月の末になった。ぼくはどうしても大学に行きたかったが、国立大学の入試に受かる学力はなかった。それで、いちおう受けてみるだけだからと母に頼み込んで、ある私立大学の試験を受けさせてもらった。たぶん落ちるだろうと思っていたが、なぜか合格してしまい、十日以内に入学金やその他の費用を納めるようにという通知を受け取った。ぼくは思いあぐねて、その夜、父のいるE町のアパートを訪ねて行った。ぼくが部屋のドアをノックすると、横の小窓が開いて父が顔を出した。父の驚きようは滑稽《こっけい》なくらいで、慌《あわ》てて小窓を閉めると、表に出て来た。ドアを急いで閉めて、ぼくに中を覗《のぞ》かれないようにした。

ぼくと父は階段を降り、路地の曲がり角の電柱の横に立ったまま長いあいだ話し込んだ。ぼくは、どうしても大学に行きたいこと、入学金さえ払ってくれたら、あとの授業料はアルバイトをして自力でつくることを父に言った。

「わしがここにいてること、お母ちゃんも知ってるのんか？」

と父は訊いた。

「もうずっと前から知ってるよ」

父は意外なほどあっさりと承諾してくれた。誰かに借りるしか手はないが、何としても金をつくってやろうと父は言った。いまの父にとって、それがどれほどの大金であるか、ぼくにもよくわかっていた。父が口を開くたびに大蒜《にんにく》の匂いがした。

五日後、父から電話がかかってきた。金が出来たから取りに来るようにというものだった。以前に入ったことのある踏切の近くの喫茶店で待ち合わせをした。父は封筒に入った紙幣をぼくに渡して、

「この程度の金さえ、人に借りなあかんようになってしもた」

ときつい目でつぶやいた。

「お母ちゃん、元気か？」

「阿倍野まで働きに行ってる」

「借金取り、まだごちゃごちゃ言うて来るか？」

「このごろは、誰もけえへんようになった」

父はその日も大蒜の匂いを吐いていた。その匂いが、父を別の人に変えていた。ぼくは封筒をポケットにしまったとき、もうこれで二度と父とは逢いたくないと思ったのだった。

父は一年に二、三回、母とぼくのいるアパートを訪ねて来て、ほんの短い時間、何を話すともなく坐《すわ》り込んで、それから人目を忍ぶようにして帰って行った。父は来るたびにみすぼらしくなっていた。危なっかしい足取りを見て、

「もう遅いから泊まっていったら？」

とぼくがすすめても、父は必ず女のいるアパートに帰って行った。

四ヵ月前の寒い夜、それまで半年近く姿を見せなかった父がやって来て、ぼくと二言、三言言葉を交わしてから倒れた。救急車が到着するまでのあいだ、ぼくと母は大きなイビキをかきつづけている父の傍に坐って、ただおろおろするばかりだった。父は脳溢血《のういっけつ》だった。

昏睡《こんすい》状態の父に付き添って、ぼくと母は病院の待合室で時間を過ごした。母がぼくに、女のアパートの名前を知っているかと訊いた。確か中山荘という名前だった

とぼくが答えると、

「やっぱり、知らせたほうがええやろなァ」

母は思案げに言った。電話局で調べてもらったが、電話番号はわからなかった。ひょっとしたら各部屋で電話を引いているのかも知れず、ぼくがタクシーでアパートまで行くことになった。夜中の二時を過ぎていたが、部屋には電気が点《つ》いていた。女は、父のことをお父ちゃんと呼んだ。

「お父ちゃん、血圧が高うて、気ィつけなあかんてお医者さんに言われてましてん」

待たせてあったタクシーに乗り込むと、女は顔の片方を覆《おお》うように垂らした長い髪を何度もかきあげた。髪の下から大きな火傷《やけど》のあとがあらわれた。こめかみから頬にかけた火傷を隠すために、髪を長く垂らしていたのである。

女は病院に着くと、すぐに父のベッドのところまで行き、椅子に腰を降ろして、寝顔を覗き込んでいた。それから待合室にやって来て、母に頭を下げた。母と女は長いこと、小声で話し込んでいたが、ぼくはそのあいだ父の傍に坐って窓の外ばかり見つめていた。その夜は女が父に付き添うことになり、ぼくと母はタクシーを拾ってアパートに帰った。タクシーの中で母は言った。

「あの人、宗右衛門町《そえもんちょう》の小菊いうバーで勤めてはったんやて。水商売が嫌いで、何か手に職をつけたいてお父ちゃんに相談したら、洋裁を習うのがええやろ言うて、いろいろ世話をしてあげたらしい。それがそもそものなれそめらしいなァ……」

小菊というのは、父がよく行っていた酒場の名前だった。女はアパートにミシンを一台置いて、いまは縫物の賃仕事で暮らしているらしかった。

「年寄りのヒモを養うて、あの人も運のない人やわ」

と母は笑った。

父は三日後に意識を恢復《かいふく》したが、右半身が麻痺《まひ》してしまっていた。父の世話は、最初のうちはほとんど女がみていたが、そのうち、だんだん女の足が遠のいて行った。女は仕事にかこつけて、滅多に病院に顔を出さなくなり、母とぼくとが交代で、不自由な体の父に付き添った。父は廻らぬ口で怒鳴ったり、動くほうの腕で物を投げて、同室の患者に迷惑をかけた。いったい何を怒っているのかと、ぼくが訳をたずねると、父は、

「三角や、三角や」

と濁った声で叫んだ。三角とはいったい何のことか、ぼくにはわからなかった。父は目に涙をためて、三角や、三角やとわめきちらした。ある日、女がひょっこり病室にやって来、大きな果物籠を置くと、

「夜なべの仕事がつづいてるねん。お父ちゃん、また来るさかいな」

と言ってそそくさと出て行った。以前、女が置き忘れていった空の財布を渡そうと、ぼくはあとを追って病院の玄関へ降りた。玄関口に、見覚えのある男が立っていた。四十五、六の大男で、一週間前まで父と同じ病室に入院していたのである。女は、その男と一緒に病院を出て行った。ぼくはひどく切なくなって、そのまま外来の待合室に腰を降ろした。男は九州に妻子を残して、働きに出て来ていたが、急性の肝炎でこの病院にかつぎ込まれたのだった。ぼくは、女と男がいつのまにそんな関係になったのか知らなかったが、きっと父は感づいていたのだろうと思った。

「三角か……」

ぼくは溜息《ためいき》まじりにつぶやいて、いつまでも待合室の喧噪《けんそう》の中に坐っていた。それ以後、父はますます暴れるようになり、病院としては他の患者の迷惑を考えると、これ以上面倒を見ることは出来ないということになった。こういう類《たぐ》いの患者を世話してくれるいい病院があるから、そこに移ってくれと言われた。少し遠いが、完全看護で、費用も国がみてくれるという。だがそこは精神病院だった。病院側で差し向けてくれた車に父を乗せて、ぼくたちはS病院に移った。ぼくも母も、S病院に着いてから、初めてそこが精神病院であることを知ったのだった。だが、ぼくたちには、他に適当な方法が思い浮かばなかった。何よりも、ぼくたちには金がなかったのである。

母からは、朝一番に来るようにと言われていたが、ぼくが目を覚ましたのは昼近くだった。ぼくは食パンをひと切れ、牛乳で流し込むと、大阪駅まで出た。そこから地下鉄で難波まで出て、南海電車に乗り換えた。沿線のところどころには陽《ひ》を受けて散っている満開の桜が並んでいた。学校らしい建物が見えると、きまって校庭の桜が目についた。ぼくは電車の窓から、春の陽と桜を見ていた。

G駅に着いたのは一時前だった。駅前からバスに乗り、繁華街を抜けて車の量の多い国道を西に向かった。バスは混んでいて、ぼくは運転台の横の手すりにつかまって立ったまま、ぼんやり前方を眺めていた。田圃《たんぼ》が多くなり、菜の花畑が見えて来た。大きな池を廻ってバスはのぼり道にさしかかった。道は緩いカーブを描いてのぼっていた。

ぼくの視界に、赤い小旗が入って来た。小旗は力いっぱい振られてバスに停車を命じていた。小旗を振っているのは、バスの運転手と同じ制服を着た若い男だった。青年はバスを停《と》めておいて、俊敏な動作で元いた場所に駈《か》け戻り、バスとは反対の方向からやって来る車を停めた。道はその部分だけ一箇所狭くなっていて、バスが通るときは対向車に停まってもらわなくてはならないのだった。青年はそのために、手に赤い小旗を持って立っていた。

青年は対向車が停まったことを確かめると、バスに向かって小旗を振った。バスはクラクションを一回鳴らして発車した。青年は直立不動の姿勢で道に立って、笑顔でバスの運転手に敬礼した。着ている制服は大きすぎて袖丈《そでたけ》が長く、手の甲が半分隠れている。一日中、道に立って交通整理をしているらしく、真っ黒に日灼《ひや》けしていた。

坂を下ったところでぼくはバスから降りた。小高い丘が畑の向こうにつづいていた。S病院は丘の上にあるのだった。歩いていると汗ばんできて、ぼくはセーターを脱いだ。病院の敷地は青いフェンスで取り囲まれていた。建物の窓という窓には鉄の格子がはまり、患者の作業用に作られた野菜畑が、その病棟の裏手にまでつづいていていた。

入口の受付で名前を言うと、すぐに婦長が出て来た。ぼくは長い廊下を案内されて、突き当たりの小部屋の前まで行った。婦長が歩くたびに、腰に下げた鍵の束が鳴り、静まり返った建物の中に冷たい音を響かせた。左側は一般病棟で、中に入るには鍵を外さなくてはならなかったが、父の遺体は右側の鍵のかかっていない部屋に安置されていた。母が、部屋の隅の長椅子でまどろんでいた。ぼくは布をめくって父の顔を見ると、すぐに母の肩を揺すった。

「役場に行って、火葬許可書いうのを貰わんとあかんねん」

と母は赤い目で言った。思案したあげく、ここで火葬にして、葬式は家に帰ってからすることに決めたのだという。遺体は死後二十四時間は火葬に出来ない決まりで、そのため明朝まで待たなければならなかった。

「とにかく死んだのがきのうの夕方の六時やろ。きょうの六時以後は、火葬場も閉まってしまうねん」

するともうひと晩、ぼくたちは父の遺体に付き添わなくてはならないのである。

「もうじき葬儀屋が来て、とりあえずお棺に入れてくれはることになってる。お前はここの市役所に行って、その火葬許可書いうのんを貰《もろ》て来てんか」

母はひと晩中起きていたらしく、憔悴《しょうすい》した口調で言った。ぼくは病院の事務所へ行き、死亡診断書を貰うと、市役所に行く道を教えてもらい、病院の前の坂道を下った。バスに乗って、またG駅まで行くのである。市役所はG駅から歩いてすぐのところだった。

バスに揺られていると、さっきの赤い小旗が見えて来た。がら空きのバスの席に坐ったぼくは、こんどは窓越しに、バス会社の制服を着て制帽をかぶった青年の顔を近くで見つめた。青年はぼくと同じ歳格好《とし》だった。ずんぐりむっくりした体の上にアンパンみたいな顔が載っていた。彼は道に真っすぐに立ち、片時も油断のない目で、バスのやって来るのを見張っているのだった。バスの姿をみつけると、即座に対向車に向かって小旗を振るのである。それも何事が起こったのかと思えるほどに、強く懸命に、ちぎれんばかりに小旗を振るのだった。バスが狭い道を通り過ぎたとき、ぼくは後部の席に移って、遠ざかっていく青年の姿を追った。青年はバスが無事に通過したことを確かめると、停まってくれた数台の車に深々と礼をした。

市役所で火葬許可書を貰うと、ぼくは再びバスに乗ってS病院に戻って行った。ぼくはバス会社の、あの青年を見るために、わざわざバスの右側の席に坐った。ぼくは、ひとりの人間に、かつてそんなにも魅《ひ》かれたことはなかった。そんなにも懸命さをむき出しにして、仕事をしている人を、見たことがなかったのだった。バスが坂道にさしかかると、ぼくは腰を浮かして、赤い小旗を捜した。小旗が見え、青年の丸い短軀《たんく》が見えてきた。青年の滑稽ともいえる造作の顔の中で、細い目は強く光り、一瞬たりとも気をゆるめていない峻厳《しゅんげん》な動作で小旗は烈《はげ》しく振られていた。

病室に戻ると、棺《ひつぎ》に入れるために、ふたりの男が父の体を拭《ふ》いている最中だった。ぼくは最初、男たちを葬儀屋だと思っていたが、そのうち患者たちであることに気づいた。看護婦が、男たちひとりひとりに、するべき作業の手順を教えた。

「まあ、伊藤さんは丁寧に拭いてくれるのねえ」

言われた老人は照れ臭そうに笑い、いっそう念入りな手つきで、父の硬くなった体の隅をタオルでぬぐった。

「寺田さんは力が強いから、お棺に入れるときは頑張ってね」

度の強い眼鏡をかけた五十過ぎの男は、看護婦の言葉に頷《うなず》いて、いやにかしこまった表情をつくってみせた。ふたりとも仕事を与えられたことが嬉《うれ》しい様子で、並の人間なら決して引き受けたくない作業に、嬉々《きき》として取り組んでいるのである。ぼくはドアのところに母と並んで立ちつくし、父の痩《や》せた、ところどころに青黒い斑点の浮いた体を見ていた。

「ここは、私たちでやりますから、どこかで休んでいて下さい。きのうはお通夜で、お疲れになったでしょう」

看護婦がそう言ってくれたので、ぼくと母は病院の庭に出た。花壇には、患者たちが植えたと思われる春の花が咲き、蜜蜂の羽音があちこちから聞こえてきた。S病院は丘の上に建っていたので、庭のベンチからは大きく眺望がひらけて、春霞《はるがすみ》の彼方の名もわからぬ山の稜線が見え、薄紅色の平野やら川やら民家やらが見えていた。

「なんで、田圃が赤いんやろ」

とぼくは誰に言うともなくつぶやいた。

「れんげが咲いてるんや」

母が答えた。そして、ゆったりした口調で、

「ええお天気やなァ」

と言った。

「まさか、こんな辺鄙《へんぴ》なところの精神病院で死のうとは、お父ちゃんも考えもしてなかったやろなァ……」

ぼくも同じことを考えていたので、うん、そうやなァと返事しながら、笑顔をつくって花壇のほうに目を移した。ぼくと母は、長い時間、無言で日なたぼっこをしていた。すると病院の玄関から、看護婦に引率された数人の患者たちが出て来た。軽症か、あるいは温和《おとな》しい患者たちばかりらしく、看護婦が前後にふたりつき添って、これから散歩に行くところだった。その中には、父の体を拭いてくれていたふたりの男も混じっていた。患者のうちのひとりが弾《はず》んだ声で言った。

「ここの病院、なかなかモダンな建物やなァ」

すると別の患者がそれに応じた。

「そやけど精神病院やからなァ。こんなとこに入院してるのかと思われると、かっこ悪いがな。病院の看板から、精神科っちゅう字を削ってくれへんかなァ」

「しょうがないがな。わしら、頭がおかしいんやから」

はい、一列になって、という看護婦の声で、患者たちは小学生が遠足に出かけるように、従順に列を整え、病院の門を出て行った。

「気楽なこと言うてるわ」

母はそうつぶやいて、いつまでも、そのにぎやかな一団のあとを見つめつづけていた。ぼくはふと、赤い小旗を振っていた青年は、もしかしたら狂人ではないだろうかと思った。バス会社の制服を着ていたから、交通整理のために配備された警備会社のガードマンではなさそうだった。すると青年は、バスを無事に通過させるためだけに、バス会社に雇われているのだろうか。

母が空腹を訴えたが、病院の中に食堂はなく、この近くにもそれらしいものはなかった。ぼくは、バス道の、坂の手前に小さな寿司屋があったことを思い出し、母から金を貰って、ひとりぶらぶらと道を下って行った。バス道に出ると、少し先に寿司屋の看板が見えた。

ぼくは巻寿司と稲荷《いなり》寿司を折箱に入れてもらい、病院とは逆方向の坂道に向かった。青年の仕事ぶりを、傍から眺めてみたかったからである。ぼくは片方の手で折箱をかかえ、もう一方の手で脱いだセーターを持ち、車の通りの多い道路をのぼった。

青年が道の端に直立不動で立っていた。彼はそうやって、バスのやって来るのを見張っているのだった。ぼくは青年のいるところから少し離れた銀杏《いちょう》の木の陰に立って様子を窺《うかが》った。バスはどちらの方向からも、いっこうにやって来なかった。そのあいだは用事がないのだから、道端に腰を降ろして休憩していればいいのに、青年は身じろぎもせず、片方の手に赤い小旗を持って日差しの中を立ちつづけているのである。

青年の顔が、何かの漫画の主人公に似ているような気がして、ぼくが思い出そうと頭を巡《めぐ》らせ始めたとき、青年は猛然と旗を振りだした。坂道の頂点でバスの屋根が光っていた。青年の仕草があまりに烈しかったので、停車を命じられた対向車が急ブレーキをかけ、運転手が窓から顔を出した。

青年は、全身全霊を傾けて、自分の仕事を遂行《すいこう》していた。赤い小旗が振られるたびに、ぼくは何もかも忘れて、青年の姿に見入った。そうしているうちに、父が死んだことが、たまらなく哀《かな》しく思えてきた。ぼくは、父の死に目に立ち会わなかったことを烈しく悔いた。ぼくは踵《きびす》を返して、S病院に帰って行った。歩いて行くぼくの心の中で、色褪《いろあ》せた赤い小旗はいつまでも凜々《りんりん》とひるがえっていた。

蝶

国電のガード下に、幾つかの店舗が並んでいた。作業衣ばかりを専門に卸《おろ》している商店とか、自動車の中古部品を売る店とか、不動産の周旋屋とかにまじって〈パピオン〉という理髪店があった。私のいる部屋の窓から、店先に出された赤と白と青のねじり棒と、〈理容パピオン〉と書かれた小さな看板が見える。部屋から見えるのは、高架を走って行く電車と高架下の何軒かの店舗、それにその前の公園だけである。

公園にはそう大きくもないくすの木が一本葉を繁らせている。ブランコとシーソー、象やライオンの形に造った子供用の椅子が、夕暮どきになると西陽《にしび》を受けて長い影を伸ばして行く。大阪の中心を大きく循環する国電の沿線にあるごみごみした街で、子供たちの声と自転車のブレーキ音が間断なく聞こえてくる。

電車が通るたびに、公園をへだてた私の部屋にまでその振動が伝わってきたから、高架下の店舗は、さぞや強烈な轟音《ごうおん》に包まれているだろうと、よく思った。すると、まだ一度も行ったことのない〈理容パピオン〉の内部の様子が自然に心に浮かんでくる。

商売気のない無精ひげの主人《あるじ》が、ひとり暇そうに新聞を読んでいて、理容椅子が二台、狭い店内に置かれている。週刊誌や漫画の本が積みあげられ、アルミの灰皿と徳用マッチの箱が待合用のテーブルの上にある。電車がやって来ると、店内に置かれているシャンプーの容器やヘアトニックの壜《びん》や櫛《くし》やハサミが小刻みに震え始める。落ちている髪の毛までが踊りだして、床の上で集まったり散ったりしている。五分後に反対方向からまた電車がやって来る。ラッシュ時にもなると、二分おきに店内全体が揺れ動いて、主人は客の顔の上にカミソリを置いておくだけで、あとは振動によって自動的に剃《そ》りあがってしまうほどである。だから恐ろしくて誰も二度と行かなくなってしまう。もっと商売熱心の、清潔で静かな理髪店が、街にはたくさんあるからだった。

窓から眺める景色の中にたまたま電車が通り過ぎたりすると、〈理容パピオン〉の店内で顔を剃ってもらっている自分の姿を想像して、首すじや顎《あご》のあたりにかすかな粟《あわ》が生じるのを感じながら、室内のあちこちに目をそらす。

最終電車のスパークが暗がりの中を青く走って行くころ、突然パピオンの店内に灯がともるときがある。私はいつもそのくらいの時間に便所へ行き、部屋の鍵《かぎ》をかけて窓のカーテンを閉め、蒲団《ふとん》にもぐり込むのだが、横たわったまま二、三度大きく伸びをして、眠るために目を閉じていても、パピオンの灯が何だか気になって神経が冴《さ》えてくる。夜中の一時近くに、誰かの頭を刈っているのだろうかと考えて、起きあがってカーテンの隙間《すきま》から覗《のぞ》くと、人の気配のないまま、明かりだけが高架の下でしんと静まりかえっているのだった。明かりは夜明け近くまで灯《とも》ったままのときが多く、私がうとうと眠って再び目をさますころには消えている。

土曜日の夜、同じアパートに住む津久田という男が、湯気のあがっているシューマイの入った箱と缶ビールをかかえてやって来た。彼は、もとは自動車の修理工だったが、半年前に勤めを辞《や》めて、それ以後パチンコや麻雀《マージャン》や競馬などの賭《か》け事で食っている。彼の口から聞いたので、本当かどうかわからないが、月々暮らしていける程度には稼いでいるらしく、あと二、三年はこの調子で正業につかず、遊びつづけるつもりらしかった。

「どうや、景気は。売れてるか?」

津久田は勝手に私の部屋にあがりこんで、デコラ張りの安物のテーブルの上にシューマイとビールを置いた。私はまだ夕食を済《す》ましていなかったので、津久田の訪問は迷惑だったが、シューマイは食べたかった。駅前の小さな中華料理店のものだが、わざわざ遠くから食べに来る客がいる味自慢の品だった。

「もうそろそろモデル・チェンジの時期やから、ちょっと流れが止まってるよ」

と私は言った。すると津久田は、私から車を買いたいのだと言った。

「いちばん少ない頭金でローンを組み立ててくれへんか？　そのかわり一年で払い終えるがな」

「定収入がないと、ローンは無理やなァ」

この手口で騙《だま》されたことが過去に一回だけあったから、私は素っ気ない口調で答えた。頭金だけ払い込んで契約し、そのまま新車に乗って姿をくらますのである。割のいい詐欺《さぎ》ではなかったから、滅多にひっかかることはない。それに中古車ディーラーは、あまりに新しすぎる車は買いたがらないから、盗んだほうも始末に困ってしまう。自動車会社はすぐに警察に届け出て、あっけなく捕まってしまうのだが、車を売ったセールスマンは上司からひどく叱《しか》られるし、手元に還《かえ》って来た車はもう新車ではない。頭金が支払われているといっても大きな損害をこうむるのである。

「やっぱり、定職がないとあかんかァ？」

津久田はシューマイを頬張《ほおば》りながら、そう気にした様子もなく言った。

「会社がうんと言わんやろ」

「いまの自動車会社に入ってから、もう何年になる？」

「八年や」

「八年も、車を売って歩いてるのんか。いやになれへんかァ？」

「おんなじことをして暮らしてるのは、俺だけと違うよ。魚屋は毎日魚を売ってるし、散髪屋は毎日人の頭を刈ってるやないか」

「そら、そうや」

そう相槌《あいづち》を打ってから、津久田は顔をしかめて窓の向こうを覗き込み、

「月のうち半分も店を開かん散髪屋もあるけどなァ……」

と言った。

「パピオンか？」

津久田は缶ビールを飲み干して立ちあがり、残りのシューマイを私に食べるようにすすめながら靴をはいた。それから、

「あそこに行ったことあるか？」

と訊《き》いた。私が首を振ると、

「あれはお化け屋敷や」

そうつぶやいて出て行った。

私は炊飯器の中に残っていた御飯をよそってシューマイをおかずに食べた。週に三日は、つい目と鼻の先に住んでいる両親の家で食事をして、あとはほとんど外食だったが、たまに気の向いたときにスーパーで肉とか魚を買って自炊することもあ

る。母は一緒に住むようすすめるのだが、同居している兄夫婦に子供が生まれて、それほど広い家でもなかったので、三十三にもなってまだ独り身の私としては居づらくなり、近くのアパートにひと部屋借りたのだった。

お化け屋敷とはどういう意味かと私は思った。食器を流しのところに置くと、私は窓をあけ、外に首を突き出して、公園の向こうに見えるパピオンのねじり棒と店の灯を見つめた。客を引き入れようとする企《たくら》みめいたものは何ひとつなかった。ねじり棒が廻っているから、かろうじて理髪店だとわかるくらいで、パピオンという店名だけなら喫茶店か安手のスナックに思えそうだが、それとても客の入りが悪くて潰《つぶ》れかかっている店みたいに見える。

私は自分の頭髪を指先で触れてみて、そろそろ刈ってもいい時期であることを確かめると、サンダル履《ば》きで表に出た。いつもは会社の近くの理髪店で刈ってもらうのだが、〈理容パピオン〉が気になって、一度店の中を覗いてみようと思った。だいたい主人の顔を見たら、腕前に察しがつくだろうし、電車の振動で危険なめに遇《あ》うようなら、今後二度と行かなければいい。何かおもしろいことがありそうな予感が、ふいに私の中に起こってきた。夜中に灯る店内の明かりといい、お化け屋敷という津久田の言葉といい、パピオンという店名といい、何やら謎《なぞ》めいて、私を手招きしているようなのである。

私は公園の中を通って高架下の道まで歩いて行った。自動車の部品屋も作業衣店もシャッターを降ろしていて、パピオンとその隣の焼き鳥屋だけが店をあけている。入口のガラス戸に近づき、中の様子をうかがおうとした途端、ドアがあいて白い仕事着を着た男が顔を出した。私を見て、少し慌《あわ》てた表情で「いらっしゃいませ」と言った。

「空《す》いてますか？」

「はい、空いてます」

訊いてみるまでもなく、二台の理容椅子には誰も坐《すわ》っていなかったが、想像していたような無精ひげの主人ではなく、私よりまだ五つか六つぐらい若い店主だったし、店の中も全体に白っぽいこざっぱりした装飾だったので、もう帰ってしまうわけにはいかなくなって思わず言葉が出たのだった。私が椅子に坐ると、若い店主は、

「すみません、すぐに帰って来ます」

そう言って店を出て、どこかに走って行った。頭上を電車が通って行く音が聞こえたが、それも予想していたほど烈《はげ》しいものではなかった。軽い響きが、椅子の底のほうからせりあがって、尻がこそばゆくなる程度で、耳を澄ますと、どこかでかすかな金属の触れ合う音が聞こえていた。

いったいどこがお化け屋敷なのだろうと考えながら、鏡に映った自分の背後を見

やって、私は息を止めた。翅《はね》をひろげた色とりどりの蝶が、壁全体に張りついていた。椅子に腰かけたまま、うしろを振り向いて、私は仔細《しさい》に眺め入った。小さな正方形の木箱が碁盤の目のように正確に壁に組み込まれ、ひとつ一つの箱の中に、それぞれ一匹ずつ蝶の標本が納められているのである。

私は椅子から降りて、壁に近寄ってみた。緑色の大きな蝶もいたし、白い小さな翅に赤い斑点《はんてん》のある蝶もいた。みんなピンで押さえつけられ、その下に蝶の名の記された紙が貼ってあった。私は壁の端から一匹一匹に顔を寄せて、蝶の名を読みながら体のあちこちをまさぐり、煙草を捜した。すると店主が走り帰って来て、何箱かの煙草の入った紙包みを開いて封を切った。彼は一本抜き取って私に差し出し、マッチを捜しながら、

「どうぞ。いま買って来ましたから吸って下さい」

とすすめた。ラッシュ時は過ぎていたが、電車が通り過ぎると、すぐに反対側からも電車がやって来、足元に蜂の羽音みたいな唸《うな》りがつづいた。電車が頭上を通ると、かえって店内の静けさが深まって行く錯覚さえ覚えるのである。吸い終えるのを待つように、若い店主が体を覆《おお》う大きな布を持ったまま所在なげに立ちつくしているので、私はまだ一服しか吸っていない長い煙草をもみ消して椅子に坐った。

「あれ、全部自分で捕ったの？」

「ええ、そうです」

「見事なもんやねェ。全部で何匹？」

「ここには四百二十四ありますけど、家にはこの倍ぐらい置いてあります」

私はときおり、青筋の浮いた店主の手の動きに視線を注いで、体をこわばらせていた。照明は明るく、床もきれいに掃かれて髪の毛のかたまりなど見当たらなかった。けれども、背後の標本が鏡に映って、私はすっぽりと無数の蝶の死骸《しがい》の中にうずもれている思いに包まれてきた。

「どうしましょうか？」

「ああ、そのまま全体に軽く揃《そろ》えといて下さい」

彼は片方の手で私の髪を何度も梳《す》きあげてから、ハサミをいれた。細かい毛の落ちていく気配を肩のあたりに感じた。

「まさか、こんな店やとは思わなんだなァ」

彼は手を止めて鏡の中の私を見つめた。

「表から見る感じと、実際とがえらい違うから……」

合点《がてん》がいったように微笑《ほほえ》んで、

「気持悪くないですか？」

と私に訊いてきた。私は首に巻きついているバンドがきつくないかどうかを訊か

れたのだと思い、

「ちょっと、きついかな」

と答えた。店主は櫛とハサミを仕事着の胸ポケットに入れて、両手で首のまわりをゆるめてくれながら、

「いや、この蝶々がです。ときどきものすごく気持悪がるお客さんがいましてねェ」

そう言って、また鏡の中の私を見た。頰の肉の薄い、だがどこかに柔らかさの残る顔の中の目が、癇性《かんしょう》らしい光を出していた。私は店内が照明のわりに暗く感じられる理由に気づいた。照明は理容台のところに集中して、背後の蝶の標本にまで充分に届いていないので、暗い影に周りを囲まれる状態になり、色鮮やかな蝶たちの光沢がかえって黒ずんでしまうのである。すべての絵具を混ぜ合わせるとついに真っ黒になるのと同じで、狭い店内には精緻《せいち》な色模様の翳《かげ》と集約された光との谷間によって、眩《まば》ゆい暗がりが出来あがっているのだった。

「いちおう長めにさばいときますから、あとでまた註文を出して下さい」

梳きバサミを使いながら店主は言った。

「さぞかし電車の音がうるさいやろと思《おも》てたけど、意外に静かやなァ」

「それでも、蝶の翅の色が、ちょっとずつ薄くなっていくんです」

店主は背後を振り返って、四百二十四あるという屍《しかばね》をじっと見つめた。一日に頭上を通り過ぎる電車の数は相当なものだろうから、そのたびに蝶の翅から微量の粉が剝《は》げ落ちていくのかと私は思った。

「ここには置いときたくないんですけど、ほかに場所がないから……」

土曜日の夜だというのに、いっこうに客の入って来る気配はなかった。鏡越しに、数字も針もさかさまになった時計を見た。八時前なのか過ぎているのかすぐにはわからなかったが、どっちにしても理髪店のカーテンが閉められる時刻である。ほかの店なら順番を待つ客がテレビのナイターを観たりしながら待合用の長椅子に並んでいるのだが、パピオンの中は私と若い店主だけだった。

「夜中に電気が点《つ》いているときがあるねェ」

私は、自分の住まいが向かい側の美幸荘というアパートであることを説明して、夜遅くまで何をしているのかと訊いた。

「まあ、いろいろです。標本を作ってるときもあるし、ここに置いてある箱の中を掃除したり、防虫薬を取り換えたり」

「ときどき頭を刈ってもらおうと思って寄るんやけど、休業のときのほうが多いんや」

私は少し嘘《うそ》をついた。慣れてくると、パピオンの理容椅子の上には、奇妙な安息があった。子供のころ、天王寺かどこかの博物館に行って、そこでたくさんの蝶の標本を見たことがあったのを思い出した。館内に響いていた自分の声が、もう少しで聞こえそうになるのだが、店主の喋《しゃべ》る言葉に相槌を打つたびに遠ざかって行った。

「ぜんぜん休まへん月もあるんですけど、ひと月も完全に店を閉めるときもあるから、お客さんもあてに出来んようになるらしいて」

「蝶々の、採集旅行か？」

「このごろは、あんまり行きません」

「そら、そうや。これだけ捕ってしもたら、もう日本には何匹も残ってないやろ」

顔を剃りますとつぶやいて、店主は椅子をそっと倒した。顔剃りのあいだ、私も彼も無言だった。私は目を閉じて、子供のとき木立の中で見たカラスアゲハのゆらめきを思い描いた。蒸《む》しタオルで顔を拭《ふ》き、クリームを塗り終えてから、

「おんなじ種類を二十四持っててもしょうがないんですよ。ここにあるのはほとんど小物で、まだまだお目にかかってない大物がいてるんです」

と彼は言った。それから標本箱のひとつを壁から外して持って来た。

「オオアゲハの変種です。これは一匹しかないんですけど、三年かかったんです」

「三年て……？」

「こいつを捜して、三年間も山歩きしたんですよ。変種ですから、そう簡単にはお

目にかかれんのですけど、このときは運が良かったんです」

「いつから蝶々に凝《こ》るようになったん？」

「小学校の三年生からです。八つのときかな」

髪を洗いますかと訊かれたので、私はいいと答えた。散髪が済んだら、実家へ行って風呂に入るつもりだった。彼は私の衿《えり》あしを剃り、こびりついた毛を固いブラシで丁寧にはらった。そして蒸しタオルで何度も髪の汚れを取ってくれた。神経の行き届いた仕事ぶりだったし、店内もこぎれいに片づけられていたから、客が少ないのはあまりに店を閉め過ぎるためだろうと私は思った。仕事に専念し始めたら、きっと客は増えていくだろう。

「しかし目当ての蝶をみつけだすのは、大変な根気がいるやろなァ」

彼は笑いながら、私から一万円札を受け取り、店の奥の棚に載せた手さげ金庫の中をさぐった。釣り銭が足りないらしく、彼は両替をして来ると言って出て行った。

ひとりになって、私はもう一度蝶の群れを見つめた。ウスバキチョウ、ヒメウスバシロチョウ、アオスジアゲハ、ルリタテハ、キベリタテハ、クジャクチョウ……。二十センチ四方程度の木箱には、みなガラス蓋《ぶた》がかぶせてあり、中に翅をひろげた蝶の死骸がある。蝶の下に貼りつけられた小さな紙に属名と種名が書き込まれ、採集した日付と場所が記入してあった。

私が蝶の名を読んでいると、電車の近づいて来る気配がした。それほど強くない振動がつづくあいだ中、蝶の翅が一斉に動いていたように感じた。私は次の電車を待った。早く店主が帰ってくればいいと思ったが、それまでにもう一度電車の振動が欲しかった。私はドアのところを見たり、鏡の中の蝶たちを見たりして息をひそませていた。店主はいっこうに帰ってこず、そうするうちに反対方向から電車がやって来た。振動が始まると、私は壁面の蝶と鏡に映っている蝶とを交互に見た。唸り音が足元から昇って来、店内はいっそう深閑と眠って、蝶たちのけし粒のような目が光り、それぞれが息を吹き返して翅を震わせ始めた。うす黄色の翅に散った赤紋が震え、緑と黒の混合が震え、からし色の縞《しま》が震えた。

店主が帰って来た。手に持った千円札を八枚数えると、礼を言って私に渡した。表に出て、私はほっとした気分にひたりながら歩いた。長いあいだ息を止めていて、もうこれ以上こらえきれなくなって呼吸を始めた瞬間の快感に似た気分だった。

私はそれから六月の末と七月の末の二回、パピオンに頭を刈りに行った。パピオンは定休日以外は、珍しく一日も店を閉めなかった。会社からの帰り道、高架に沿って歩いて来るとパピオンのねじり棒が廻っている。すると私はまだ伸びきっていない頭髪を指でつまんで、ためらいつつ公園に入って行く。私は店主に好意を持ったし、仕事も何もほっぽりだして、好きなときに好きなように蝶を求めて出かけて行ける境遇がうらやましかったが、電車の振動によってにわかに蝶たちが生き返っていく瞬間の自分の胸騒ぎに魅《ひ》かれるのだった。

夜更けに部屋の窓から高架下をうかがい、灯の消えた無人のパピオンを見るのは楽しかった。汚れたコンクリートの、煤煙《ばいえん》やら塵埃《じんあい》やら枯れかけた苔《こけ》やらに包まれた高架壁の奥に、輝く鱗粉《りんぷん》をまとった数百匹の蝶が息をひそめていると思った。その想念は、車のセールスに疲れた私に生命力をもたらした。なぜだかわからないが、私は生き返るのを感じるのだった。

パピオンは八月の五日まで店を開いていたが、六日の夜に近くを通ると、ドアの把手《とって》に〈臨時休業〉の札が掛けられているのが見え、それから何日も閉まったままになった。盆休みの季節だったし、とりわけ暑い夏だったので、私も有給休暇と夏期休暇とを組み合わせて、少し長い夏休みをとり、同僚と海に行った。帰って来ても、パピオンは閉まっていた。

九月が終わり、十月の半ばになったが、それでも閉まったままだった。私は最初、店主が蝶の採集旅行に行ったものと思っていたが、もしかしたら病気にかかって臥《ふ》しているのではなかろうかと考えるようになった。あるいは客が少なく、商売にならないために店仕舞いしてしまったのか。もし店をたたんだのなら、中の様子をさぐってみればすぐにそれとわかるはずである。

私は煙草を買うついでにパピオンに寄った。たまたま隣の焼き鳥屋が定休日だったから、公園内の水銀灯の明かりに頼って、店内に見入った。ガラス戸の内にも、その横のガラス窓の内にも白いカーテンが引かれていたが、理容椅子の輪郭がぼんやりと浮かびあがり、鏡に映る戸外の淡い光が天井に当たっていた。整然と飾られた四百二十個の標本箱が、カーテンの隙間から見えた。ガラス蓋はどれもみな鈍い反射光を放って蝶たちを覆っていた。

「あのう……」

という声が、店内を覗き込んでいる私の耳元でしたので、驚いて振り返った。背の低い、瘦身《そうしん》の老人が道に立っていた。老人は近寄って来て、遠慮げな口調で言った。

「この店に、何かご用でもおありでっか？」

「いや、いっつもここで頭を刈ってもろてるんですけど、あんまり長い臨時休業やから、ちょっと心配になりましてねェ」

「ああ、そうでっか。いや、わたいもそのことでここ二、三日毎晩こうやって店の前に来ては、鍵をあけて入ろうか入るまいか迷《まよ》てまんねん」

老人は、パピオンの店主が住んでいるアパートの管理人だった。腰を丸めて暗い店内を覗きながら、

「出て行くとき、また蝶々捕りでっかて訊いたら、十日ほど留守をするさかい言うて元気そうに頭下げはりましてなァ。まあ、これまでにも、十日が二十日になることはおましたけど、こんな長いこと音沙汰《おとさた》ないのんは初めてですよってに、なんか胸騒ぎがしまして……」

と言った。老人は合鍵でアパートの部屋に入り、壁に掛かっていた店の鍵を持って来たのだと説明した。そして、店に入ってみたいので、私にも立ち会ってくれないかと言った。私が承諾すると、老人は鍵をあけてガラス戸を引いた。真夏のあいだ、閉めきったままだったから、店内には異臭がたちこめていた。理髪店特有の匂いが、生臭く蒸れているのである。照明のスイッチを入れてから、老人は店内をぐるっと見廻し、

「そら、あんさん、アパートのこの人の部屋に行ってみなはれ、六畳一間の狭いとこに、どれだけの蝶々がいてることやら」

アパートは駅前の繁華街を抜けて五分ばかり行ったところだという。三年前から部屋を貸しているが、これまで一度も家賃の滞ったことはなく、部屋に女を引っ張り込むということもなかったと老人は声をひそめて言った。

「わたいが心配してるのんは、蝶々を追っかけて行って、どこぞの谷底へでも落ちてしもたんと違うやろかっちゅうことですねん」

「しかし、それがいちばん考えられることですねェ」

「あんさんも、そない思いはりまっか」

老人は小粒な目を瞠《みひら》いて私を見あげた。私は店内を歩き廻って、二ヵ月以上もそのままになっている理容椅子とか待合用のテーブルとかに目をやった。鏡の前の台には、櫛やハサミの並べられたプラスチック容器が、うっすら埃《ほこり》をかぶっている。蝶たちも心なし色褪《いろあ》せたように見えるが、それはガラス蓋に多少の汚れが付着しているからであろうか。

「警察に届けたほうがよろしおますやろか?」

と老人は訊いた。

「彼は身寄りはないんですか?」

「身寄り……」

「親とか兄弟とか。そっちにしらせるほうが先でしょう。もしかしたらあっさり行方がわかるかも知れへんし」

「ああ、そうでんなァ。確かお母さんと妹さんが岡山にいてるて言うてました。うちの婆《ばあ》さんが連絡先を知ってるかも知れまへん」

老人は店から少し離れた場所に自転車を停《と》めていた。店内の明かりを消し、ドアに鍵をかけて、私と老人は表に出た。老人はいったん自転車の傍《そば》に行ってから、また戻って来た。

「親元に問い合わせて、それでも行方がわからんときは、どないしたらよろしおますやろ？」

「そのときは、警察に届けましょうよ。彼はどこへ行くて言うてましたか？」

「それが、わたいもいつものことやさかい、どこへ行くのか尋ねしまへんかったんや。ただ、はっきりと十日ほど行って来ます言うたのだけは覚えとりまんねん。それが二ヵ月も帰ってこんというのは……」

老人はしばらく考え込んでから、

「あかん、えらいこっちゃがな。やっぱりあの人、とんでもないことになってまっせェ」

老人が自転車を漕《こ》いで暗がりの向こうに消えてしまうのを見届けてから、私は公園を通って自分のアパートの前まで帰って来た。そこで津久田と逢《あ》った。津久田はポロシャツの上に白と黒の市松模様のブレザーを羽織って、酒臭い息を吐いていた。よおっと私に声を掛けて、津久田は繁華街のほうへ歩いて行こうとした。そのとき、私は津久田が以前、パピオンをお化け屋敷と言ったことを思い出した。私は津久田を呼び停め、その訳を訊いてみた。津久田は薬指で目やにを取りながら、邪魔臭そうに言った。

「夜中に、蝶々が飛ぶそうや」

「ええ？」

「近所の子供で、見たやつがおるそうや。誰もいてへん真っ暗な店の中で、蝶々がぎょうさん飛んどったらしい」

「ほんまかいな」

「えらい噂《うわさ》になってしもて、わざわざ見に行ったやつもおるけど、死んでる蝶々が飛ぶはずないがな」

「それで、どないなった？」

「どないもなれへん。噂はそれっきりやけど、それでもときどき、窓から蝶々の飛んでるのを見たと言うやつがおるんや。気色悪い散髪屋や。このへんの連中は誰も行きよれへん」

私はその夜、いつもより早く床についたが、眠れなかった。どこかの山奥の谷底に、捕虫網を握りしめた骸骨《がいこつ》が横たわっている姿を想像してしまうのだった。何度も寝返りをうっているうちに、結局いつもの終電車の時刻になってしまった。

外廻り電車が通り過ぎたとき、私は起きあがってパジャマの上からカーディガンを羽織った。最終の内廻り電車が通るのは七分後だった。私はパピオンに近づいて行った。サンダルと足裏の間に砂や小石が入って来るので、私は公園を出たところで立ち停まって手で払った。足の裏は汗で濡《ぬ》れていた。掌《てのひら》の中もいやに湿っぽかった。私はドアのガラスに額を押しつけて、パピオンの店内に目を凝らした。さっき覗いたときと同じ光が、天井や標本箱のガラス蓋にまといついていた。

顔をあげ、高架の彼方をうかがうと、内廻り電車のサーチライトが、夜空の底から上がって来ていた。私は両の掌と額と鼻の頭をガラス戸にあてがった。巨大な円周で連なるコンクリート壁がくぐもった叫び声をあげ始め、標本箱を覆っているガラス蓋が鳴りだした。

不良馬場

さみだれの中を、十五分ほど行くと、病院らしい白い建物が見えてきた。阪急電車の西宮北口から宝塚行きに乗り換えてひとつめの駅で降りたが、満員電車を降りる際、片手にかかえていたケーキの箱がひしゃげてしまった。中身の安否が気づかわれたが、片方の手で傘をさしているので、確かめようと思いつつ、そのまま来てしまった。

去年の秋、河野勲《こうのいさお》はやはり同じような雨の降る日曜日に、ケーキの入った箱をかかえて、同僚の寺井隆志を見舞うためここまでやって来たのだが、こぬか雨を頬《ほお》やに受けて歩いて行くうちに不意に気持が臆《おく》してきて、結局そのまま逢《あ》わずに引き返してしまったのだった。だが、きょうはどうしても逢っておかなくてはならなかった。

休診日で正門は閉ざされていたが、お見舞いの方はこちらからお入り下さい、という貼り紙の矢印にそって病院の横手に廻ると、あけはなたれた頑丈そうな鉄製の扉に突き当たった。建物と建物との隙間《すきま》から、雨の雫《しずく》がぼとぼとっと落ちてきて、傘をたたむ河野の右肩を重く打った。病院横の小さな花壇で、開ききってもうほとんど枯れかけている黄色いチューリップが、雨にとっぷりとうたれて崩れていた。

雫は、ややあって服から肌へと沁《し》み入ってきた。冷たい空気が、湿気に混じって、病院の廊下の底に溜《た》まっていた。氷の自動販売機に灯《あか》りが点《つ》いて、そこから弱々しい振動が聞こえてくる。河野は暗い廊下の隅に乱雑に散らばっているスリッパの中から、いちばん新しそうなのを選んで履《は》いた。それからほんのしばらくのあいだ、氷の自動販売機という、いかにも病院らしい機械が、人気《ひとけ》のない薄明かりの中で、仄《ほの》かに光っている様子を見ていた。

自動販売機の横に階段があり、そこから若い看護婦が二人、にぎやかに笑いながら降りてきた。河野は寺井隆志の病室を訊《き》いた。看護婦は長い廊下の向こうを指差し、

「結核病棟ですから、マスクをして入って下さいね」

と言った。

「マスクですか？」

「ええ、お持ちでなかったら、こちらで買って下さい。一組百円です」

河野は看護婦詰所まで連れて行かれ、そこでマスクを買った。鉄筋の建物はまだ

新しいようだったが、それと棟続《むねつづ》きになっている木造の結核病棟は、白いペンキで誤魔化《ごまか》してはいたものの、かなり老朽化して、歩くたびに強い軋《きし》み音が響いた。廊下の突き当たりが寺井の病室であった。入口に患者の名札が六枚、ほとんど消えかかった薄い字のままぶらさがっている。ビニール袋からマスクを取り出すと、紐《ひも》の長さを調節して、それを耳にかけた。

そっとドアを押しあけて、病室の中をうかがっていると、すぐ横のベッドから、よお、と言う声がした。マスクで顔を覆《おお》っていても、すぐそれが河野であると気づいたらしく、寺井はベッドの上に起きあがりながら、手を振った。

「こんな物、買わされちゃったよ」

マスクを顎《あご》までずり下げてから、河野は寺井の差し出す小さな丸椅子に腰をおろした。

「やっぱり、掛けなきゃいけないのかねェ」

「そりゃあ、立派な伝染病だからね。まあ、うるさく言う看護婦と、そうでない看護婦がいてね。この部屋の連中は、みんな大丈夫なんだ。みんな菌の出てない患者ばっかりだから」

「じゃあ、外していても、いいんだな？」

うんうんと頷《うなず》きながら、寺井は剃《そ》り痕《あと》の青々とした顎をしきりに撫《な》でた。

「関西に出張なんて、珍しいじゃないか」

寺井の言葉が、ちょっとした厭味《いやみ》に聞こえて、河野は頭のてっぺんあたりを手で押さえ、申し訳なさそうに笑い返した。

「三ヵ月にいっぺんぐらいは、こっちに来るんだけど、何だかだ雑用が出来ちゃって、ほんとに申し訳ないと思ってるんだ。その気になりゃあ、ちょっと見舞いに寄るくらい、出来ないはずはないんだけどね。……けど、こんどは、出張でなくて、転勤なんだ」

「いいんだ、気にすんなよ。サラリーマンなんて、時間があるようで、ないもんなんだ」

枕元の小さな台にテレビが置いてあり、その上に数冊の週刊誌が積まれていた。河野は持って来たケーキの箱を週刊誌の上に載せ、包装紙をほどいて、中をのぞき込んだ。ケーキは五つ買ったのだが、そのうちの三つが、つぶれてしまっていた。

「電車がえらく混んでてさあ、日曜日だってのに、降りるのに苦労したよ」

「きょうは、競馬があるんだ」

と寺井隆志は、息を大きく吐きながら言った。言葉が長く伸びて、いかにも疲労に覆われた人の物言いに思えた。

「二駅向こうが仁川《にがわ》って駅で、阪神競馬場があるんだ」

同室の患者たちは、べつに河野を気にするふうでもなく、思い思いに寝そべったり、新聞を読んだり、イヤホーンを耳に差してテレビを観ていたりした。寺井の隣のベッドでうつぶせになって漫画本を眺めていた歳《とし》若い男が、突然溜息《ためいき》をついて寝返りをうち、両手を枕にして天井を見やった。天井には数枚のヌード写真が貼りつけてあった。青年はよく肥えていたが、その頰には血の色がなかった。しかし、仔《し》細《さい》に他の患者たちを眺めてみると、みなどこと言って悪いところのなさそうな、明るくも暗くもない顔つきをしていた。けれども、そこには艶《つや》というものがなかった。しかもそれは患者たちばかりではなく、部屋全体に及んでいるのである。ところどころ剝《は》がれ落ちている漆喰《しっくい》の壁や天井にも、それぞれの枕元に置かれている湯吞《ゆの》み茶碗や箸箱《はしばこ》や醬油《しょうゆ》差しにも、吊り下げられた着替え用の寝巻やパジャマにも、ベッドとベッドを遮断する黄ばんだカーテンにも、部屋の北側一面に施されたガラス戸の反射にも、ことごとく、艶というものが見当たらなかったのであった。

寺井もまた精気のない顔をして、河野を見つめ返していた。河野は、この光沢のない部屋で二年間も横臥《おうが》してきた寺井隆志の、ぬめるような目の光に驚いた。

「どこかの飯場《はんば》の、男世帯みたいだろう？」

と寺井は病室を見廻して言った。

「もっと薬や消毒液の匂いがぷんぷんして、しーんと静まりかえってるところじゃないかと思ったよ」

病室には、どこかのあまり清潔ではない食堂の調理場から漂ってくる匂いに似たものが、ひしめいていたのだった。その河野のつぶやきに、薄い微笑で答え返すと、寺井は、

「ニューヨークへ行くんだって？」

と改まった口調で訊いた。

「ああ、誰から聞いた？」

「このあいだ、遠藤さんが見舞いに来てくれてね。そんなこと言ってたよ」

遠藤というのは、二人が勤めるF商事の本社重機械部の部長であったが、寺井夫婦の仲人でもあった。

「いつ行くんだい」

「来月の三日だ」

「俺も行きたかったけど、……もう駄目だろうな」

もし病気にさえならなかったら、寺井は妻の佑子を伴《ともな》って、とうにニューヨーク支店に赴任していただろう。社の慣例として、一度海外へ転勤すれば、最低三年間は帰ってこなかったから、若い夫婦は会社の借りてくれるマンハッタンのはずれにある高層アパートの広々とした部屋で、アメリカ生活をおくっているはずなのだっ

た。

寺井隆志は二年前の四月、東京の本社から大阪支社へ転勤となった。それは近々、海外への転勤があるぞという含みなのであった。どんな理由から社がそのような手順を踏むのか、若い社員たちにはわからなかったが、本社重機械部から大阪支社重機械部へ、それから数ヵ月後にニューヨーク支店へ、というコースは、ある特定の階段を昇って行く若手社員が、必ず通っていく道順でもあった。

「何を気の弱いこと言ってんだ。体さえ良くなったら、いくらでも機会はあるじゃないか」

河野は実際そう思っていた。昔と違って、いまは結核は治る病気のはずである。河野は寺井の妻の口から、しばしば病状を聞いていたが、

「もうだいぶ良くなったんだろう？」

と訊いてみた。左胸の真ん中あたりを指差しながら、寺井は張りのないゆっくりした口調で答えた。

「ここんとこに、まだ一円玉ぐらいの空洞があるんだ。前は十円玉ぐらいあったから、多少は小さくなってきたんだけど、ここから良くも悪くもならない。しつっこいやつさ」

壁ぎわに三つ、窓ぎわに三つ、ベッドは並んでいたが、その壁ぎわの真ん中のベ

ッドでずっと背を向けてあぐらをかいていた中年の男が、よおしと叫んで手を叩《たた》いた。彼はそうやって耳に差したラジオのイヤホーンを外し、寺井のほうに振り返って、

「五レース、二―三や。どうや、一点張りやでェ、二十三倍や言うとるがな」

と大声で言った。

「へえ、凄《すご》いじゃないか。ヒデさん、買ったのかい？」

その寺井の口ぶりには、落ちつきと優しさがこもっていて、以前の、相手の弱点をじんわり刺し貫くような皮肉っぽい口調に慣れている河野は、ある驚きに似たものと、一種不吉な寂《さび》しさみたいなものを感じた。彼は、二年間一度も見舞いにこなかった自分の、友人としての不実までを、薄い絶え間ない微笑で抱きかかえられている思いにとらわれていた。もしかしたら寺井は、自分と佑子の不実をも、ちゃんと知っているのではあるまいか、とまで河野は勘ぐったくらいであった。

「一点張りで、これだけや」

ヒデさんと呼ばれた男は、嬉《うれ》しそうに笑って、片方の掌《てのひら》をぱっと拡げた。前歯が二本抜けていて、そこから黒ずんだ舌がこぼれかけていた。天井のヌード写真を凝視していた青年が、

「これがあるから、やめられへんねやなァ。きょう儲《もう》けた分の百倍ぐらいは、損し

てるでェ」

　と言い返した。

「百倍で、きくかいな」

男はまたイヤホーンを耳にねじ込み、小さく折り畳んであった競馬の予想紙をひろげた。

「馬券、どうやって買うんだい」

河野は小声で訊くと、寺井はドアの外を指差して、

「そこの赤電話から、ノミ屋に頼むのさ」

　と言った。

「前に入院してたやつが、商売辞《や》めちゃって、ノミ屋を始めたんだ。外車に乗って、集金に来るんだぜ」

　その寺井の言葉が聞こえたのか、ヒデさんと呼ばれた男は、どこか薄気味の悪い笑顔を河野に向けて言った。

「肺病で寝てるやつの蒲団《ふとん》を、あんた真っ赤なキャデラックに乗って剝ぎに来まんねや」

「キャデラックじゃない、ムスタングだよ」

　にやにや笑いながら、寺井は横目でヒデさんを見てそう言った。隣の青年が吐き

捨てるように口をはさんだ。

「こないだ、あいつの車のダッシュボードを覗《のぞ》いたら、薬が山ほど入っとった。あいつ、ぜんぜん服《の》んどれへんねや。……そのうち、また血ィ吐いて戻って来よるわ」

「こんど血ィ吐いたら、もう治らへんでェ」

ヒデさんの何気ない言葉のあと、部屋の中をふっと駈《か》け抜けた静寂を、河野はいやに胸に沁み入る思いで聞いていた。ずっと微笑《ほほえ》みつづけていた寺井までが、表情をひきしめて、汚れた漆喰の壁の彼方に視線を投げたのであった。

「ちょっと出ようか」

と寺井が言った。

「出るって、いいのかい？」

「ああ、たまにはそこいらを散歩しろって、院長からも言われてるんだ」

「こんな雨だぜ？」

「大丈夫だよ」

寺井は素早くパジャマを脱ぎ、ズボンを穿《は》いて、灰色のポロシャツを着た。そして、シャツと同じ色のブレザーを手に持って、青年に、

「六度三分で、脈は七十八、咳《せき》と痰《たん》が五回ずつだ。頼むよ」

と言った。

「大便と小便は？」

青年が物憂《ものう》そうに訊き返すと、

「適当に言っといてくれ」

寺井はそう言って、敬礼の真似《まね》をした。どうもお邪魔しました、と河野がお辞儀をすると、五人の患者たちは、それぞれちらっと視線を投げかけて、小さく頭を下げた。

「三時に、看護婦の巡回があるんだよ」

寺井の言葉を聞きながら、部屋を出がけにふと天井のヌード写真を見て、河野はうっかり、あれっと声をあげてしまった。海岸べりで腰をくねらせて寝そべっている髪の長いモデルが、その顔つきといい体つきといい、ある瞬間の佑子と似ていたからであった。河野は寺井と並んで軋む廊下を歩きながら、自分の口から思わずこぼれ出たものを誤魔化そうとして、

「あのポスターのモデルが、俺の姪《めい》とすごく似てたんで、びっくりしちゃった」

寺井はそれには答えず、

「彼、ケンちゃんて言うんだけど、いちばん重症なんだよ。右の肺はもうほとんど機能を果たしてなくて、左も上半分が真っ白だ。治っても、右肺の機能が元に戻る

かどうかわからんそうだ」

「まだ若いんだろう？」

「二十一かな」

「毎日、ああやってヌードを眺めてるのかい？」

「あれを見て、催してくるようになったら、恢復《かいふく》してきた証拠じゃないかってね。まだぜんぜん催してこないって、ぼやいてたよ」

「そりゃあ、どんなヌードだって、ああ毎日おんなじのを眺めてたら、催すどころか、うんざりしてくるだろう」

寺井は、それもそうだなと相槌《あいづち》をうったが、

「でも、ほんとうは、おさえてもおさえきれないくらい、しょっちゅう、催してるんだよ。この病気には、そういうところがあるんだ」

そう言って看護婦詰所のほうをうかがいながら、急いで靴を履いた。やっぱり無断の外出は気がひけるのか、寺井は小声で河野をせきたてた。

「うるさい看護婦がいるんだよ。行かず後家の、鬼みたいなやつがさ」

雨は、いっそう強くなっていた。

大阪支社に転勤と決まって、寺井はとりあえず単身で赴任して来た。もともと実家が宝塚にあったので、住まいがみつかるまで親元から出勤することにしたのであ

る。ところが、妻の佑子がやって来るという一週間前に、突然、駅のホームで喀血《かっけつ》したのだった。

「何だか、胸のへんがむかむかして、いやな気持だったんだ。大阪に来る前からずっと風邪気味で、咳が止まらなくてね。しかし、まさかあんなにいっぺんに来るなんて、考えもしなかったよ」

低い声で喋《しゃべ》る寺井とひとつの傘に入って、雨のはねをよけつつ歩いていると、河野は学生時代、よくこうして二人で授業をさぼって駅までの道を駈けて行ったことを思い出した。たいてい、パチンコか麻雀《マージャン》か、映画を観るか、その程度の小遣《こづか》いしか持ち合わせていなかったけれども。まだそのころは、寺井と河野の前に、佑子はあらわれていなかった。

「地下鉄のドアがあくと、とにかく人をかきわけて走り出たんだ。出るのと、吐くのと、もう間一髪さ。ばあっと、生臭いのが出たぜ。まったく、どんなやつでも、あの赤いのを見ると、気が遠くなると思うね」

いまでも、よく夢を見るよ、と寺井は言った。雨の音で、じっと耳を澄ませていないと、寺井の低い声は聞き取れなかった。

「でも、思ったより元気そうで安心したよ。俺は、ひょっとしたら、げっそりやつれた顔して、一日中、寝たきりじゃないかって思ってたんだ」

「ちょっと良くなると、この病気は、常人よりも元気そうに見えるんだよ。それで騙《だま》される。まあ、そのうち治るだろうけど、一生、無理のきかない体になっちまったことだけは間違いないね」

そのうち治る病気なら、まだしあわせじゃないか、と言いかけて、河野はふと口をつぐんだ。あの大部屋の病室で二年間を過ごしてきて、まだ退院のめどのたたない病者に、健康な人間が口にすべき言葉ではないと思われたのである。佑子の体の感触が、河野の皮膚の上を這《は》っていた。傘をうつ雨の音が、遠くの地鳴りみたいに聞こえた。

一軒の喫茶店の前に来たとき、寺井が、ちぇっと舌打ちをして立ち停《ど》まった。喫茶店のシャッターが降りていて、〈臨時休業〉の紙が貼られていた。

「ここいらには、ほかにあんまりろくな喫茶店がないんだよなァ」

と思案していた寺井が、しばらくしてから、

「競馬に行こうか」

と言った。

「競馬?」

河野はびっくりして、寺井の太ったのかむくんでいるのか判断のつきかねる、白いぼおっとした顔を見つめた。

「久し振りにお前と逢って、何かこう、人間の大勢ひしめいてるところに行きたくなったよ」

「あんな人混みの中、大丈夫かねえ」

「いまからなら、七レースには間に合うぜ」

「いつのまに、そんなに競馬に凝《こ》っちゃったんだい。前はあんまりやらなかったろう」

「いまも、滅多にしないよ。ひと月にいっぺんくらい、さっきのヒデさんに誘われて、退屈しのぎに遊んでみる程度さ。……いやなら、つきあってくれなくてもいいんだぜ」

最後の言葉には、行手をいったん冷たく遮《さえぎ》っておいて、それからそろそろと意地悪くあけていくような響きがあって、河野はこの寺井の誘いの中に、何か不穏な思惑が仕込まれているのではなかろうか、と思った。もしかしたら、寺井は、この一年間にわたってつづいてきた自分と佑子との、誰にも知られていないはずの関係を知っているのではないだろうか。

「いくら持ってる？」

寺井は自分もポケットの中をまさぐりながら、そう訊いた。河野が黒革の財布を出して、中を見せると、

「三万円か。……俺もそのぐらいあるかな」

二つに折り畳んだ紙幣をひろげて、一万円札や千円札をかぞえた。そして、

「女房の稼ぎを持って、競馬に行くような男になるなんて、二年前は想像もしなかったよ」

と言った。ただし、その顔はどこか楽しげで、はしゃいでいるように見えた。

西宮北口から乗り込んでくる競馬客で、電車はひどく混んでいた。立っている乗客も、坐《すわ》っている乗客も、みんながみんな、窮屈な姿勢のままスポーツ紙か予想紙に見入っている。

「競輪のある日は、反対の線が混むんだよ。西宮球場の中にリンクを作ってやるんだ」

「ずっと入院してるくせに、いやに詳しいじゃないか。滅多にやらないなんて、怪しいもんだ。ときどき病院を抜け出して、遊びに行ってんだろう」

「冗談じゃない。俺ぐらい品行方正な患者も珍しいくらいさ。実家がすぐそこだから、この電車で通勤してたんだ。競輪と競馬では、車内の臭《にお》いが違うんだよ」

「へえ、そうかねえ」

「人種に、多少の違いが出てくるんだろうな」

寺井の口から実家という言葉が出たので、河野は、さりげない口調で訊いた。

「奥さん、どうしてる。元気かい？」

寺井は雨粒のすべり落ちているガラス窓に視線を注いだまま、

「あいつ、東京にいるよ」

と言った。

「お袋と、どうしてもうまくいかなくてね。それに、俺がこんなふうになっちまったから、あいつも働かなくちゃいけなくなってさ。俺のことはお袋にまかせて、水道橋の、ちっぽけな出版社に勤めてるんだ。電話はときどきかけてくるけど、こっちに来るのは、ふた月に一度くらいかな」

「お姑《しゅうとめ》さんとうまくいくんなら、こっちで暮らせるだろうにね」

もしそうであったら、このにっちもさっちも行かない佑子との暗い一年間は、きっと存在しなかったに違いないという思いが、河野の心に走った。

「とにかく、理屈じゃないんだな。世間じゃ、よくあることだけど、嫁と姑ってのは、もう生まれる前からの仇《かたき》同士じゃないかって思うね。一挙手一投足、言葉のはしばしまでが、いやでいやでたまらないそうだ。俺もあんなにはっきり佑子に宣言されたら、二の句がつげなかったよ。なんとか仲を取り持とうなんて気は、いっぺんに消えちまったね。お前も、嫁さん貰《もら》うときは、もう覚悟しといたほうがいいぜ」

「でも、そこまでになるには、いろんなことがあったんだろう？」

「お互い、じっと我慢しあってた時期があったんだろうね。どっちかが賢いと、そのままずるずる誤魔化しあって何とか平穏なんだろうけど、佑子もお袋も気が強いからね、いったん火が点くと、もう抑えようがない。ばあっと行くとこまで行っちゃうって感じだ。まあそれが、女ってやつさ」

いちどそうした関係ができたあとの、佑子の何もかも捨鉢《すてばち》になってしまった崩れ萎《な》えていくように柔らかい、ぐにゃぐにゃの烈《はげ》しい体を、河野は容易にあきらめることが出来なかったのであった。深夜のホテルのバーで落ち合って、残業疲れをあからさまに宿している佑子の脂《あぶら》の浮いた顔を見た途端、河野は、遠く離れた関西の地で結核に臥《ふ》す寺井のことを心に描きながらも、もうどうにでもなれという思いに突っ走っていく。しかし、そうした佑子との交渉も、河野のニューヨークへの転勤という事態で、自動的に終わろうとしていた。そのことを告げたとき、佑子の表情に一瞬ほっとしたものが浮かんだことで、河野は、きょうこうやって素知らぬ顔をして寺井を見舞いに行く決心がついたのだった。

「死んでも黙っているんだぜ」

最後にそう言って佑子と別れたが、

「そうね、死んでも黙ってなきゃいけないわね」

と言い返した佑子の、左右に垂らした長い髪を指で幾度となく梳《す》き整えているいやにさばさばした顔つきを見て、河野は理由のない不快な予感に包まれた。娘時代からの佑子の趣味らしい年齢よりもうんと若く見せたり、あるいはうんと落ちついてみせたりする、地味で清楚《せいそ》な装いの洋服が、薄い下着類とともに、ホテルの一室の仄明《ほのあ》かりの底で何やら色づいて散っている情景を思い浮かべたりしたのである。すると、河野の中に、佑子への烈しい未練がつのってきた。大阪に転勤して来ても、河野はよくその光景を思った。佑子という女の持つどうしようもないものが、ホテルの、あのカーペットの上に点々とこぼれていたように感じられた。日に日に鮮明になっていくそのなまめかしい残像は、それからの河野に、しばしば抑えようのない欲情をもたらしてきたのだった。

寺井と河野は、押し流される土砂みたいになって、電車から吐き出された。まわりの人々の口から、ブルーウィングとかタイタニックレディとかマルサンスターといった言葉が聞こえた。雨が降っているのに、ひとつの方向に一斉に流れていく群集の中からは、乾《かわ》いた埃《ほこり》っぽい風が舞いあがっていた。その鼻をつく寒々とした風は、雨に濡《ぬ》れた人々の足元にまとわりつきながら、踏切を横切り、おけら坂と呼ばれる急な坂道を下り、ダフ屋やガードマンや警官や、息せききって入場券売り場へ駈けていく酒臭い男たちで渦巻く広場へと、ぴったり寄りそいつづけていた。こんな風こそ、寺井のような体には最も良くないに違いない、と河野は本気で心配した。

「おい、やっぱりよしたほうがいいんじゃないか。ここは実際、疲れるとこだぜ」

「なんか、頭がくらくらしてきたよ」

寺井は笑いながらそう言った。

「なっ、そうだろう。良くないよ、まだ治りきったわけじゃないんだから」

だが、寺井は歩調を更に早めながら、大丈夫、大丈夫、と河野をなだめるように言った。

「疲れたら、すぐ引きあげて、病院に帰りゃあいいじゃないか。お前とも、もう当分逢えないんだ。長引いたら、六年ぐらいは、日本に帰っちゃこられないぜ」

寺井を入口のところに待たせておいて、河野は入場券を買った。いったい何をそんなに焦っているのかと腹立たしくなるほど、人々は押しあいへしあい売り場に殺到していた。群集のさす傘の骨からは、雨水が、降っている雨の量よりもたくさんしたたり落ちてきて、券を買って寺井のもとに辿《たど》り着いたときには、河野の衿首《えりくび》はびっしょりに濡れてしまっていた。ハンカチで首筋をぬぐうと、

「まさか、お前ときょう競馬に来るなんて、思いも寄らなかったよ。まったく、人生、一寸先は闇《やみ》だねえ」

と河野は言った。

「……だから、生きてられるのさ」

これまでに済《す》んだレースの結果が貼り出されている大きな掲示板へと歩み寄りながら、寺井はにやっと笑って河野を見つめた。二人は予想紙と赤エンピツを買い、ぐらぐらと揺れ動いている傘の群れをかきわけて、穴場のある大きな建物に入って行った。

「とにかく、どこか坐れる場所を確保しようじゃないか」

さっそく穴場の前の行列に加わろうとしていた寺井を制して、河野は、馬券を買うためにぞろぞろと流れてくる人の波をかきわけかきわけ、スタンドと馬場の間の、屋根のないだだっぴろい場所に出た。そして階段状になっている観覧席を仰いで、寺井ひとりでも何とか腰を降ろせそうな間隙《かんげき》はないものかと見渡してみた。だがどの場所にも、それぞれの権利を示す品物が置かれていて、それ以外の空間には、立っているか坐っているかの人間たちが、大量の煙草のけむりに包まれたまま、うごめいているのだった。

なおも空席を捜そうとしている河野の腕を寺井が強く引いた。彼はそうやって馬場のすぐ傍《そば》の柵《さく》のところに行った。

「ここに凭《もた》れてるほうが楽だぜ。もう、雨もやみそうだし」

それにこんな近くで馬が見られるし、とつぶやき、寺井は芦《あし》毛《げ》の先導馬にともなわれて馬場へ入って来た競走馬たちの、それぞれが駄々をこねるみたいに外ラチや内ラチに向かって横歩きしていく姿を指差した。

「えらい、いれこんでるみたいだぜ」

寺井が馬券の軸にしようとしている栗毛の馬は、雨に濡れた体のあちこちから真っ白な汗の泡を噴き出している。泡は鞍《くら》の下あたりから腹へと伝い落ちて、性器のところでかたまっていたが、ときおり弾《はじ》ける筋肉の動きで、涎《よだれ》のように芝生の上にこぼれていった。

「あいつ、あの汗だけで、雌馬に子供を孕《はら》ませるんじゃないかね」

寺井はそう言って感心していたが、レースが始まると、その栗毛は最後まで馬群の中でうろちょろするだけだった。発馬前の五、六分間と、レースが行なわれている最中だけ、津波のような喚声と、立ち尽くしている人間たちの前へ前へと押し寄せる圧力が、二人の背後から襲ってくる。そこはゴールの前の、いちばん観客の集まってくる場所であった。

三日間降りつづいた雨で、馬場は完全なぬかるみ状態になっていた。とりわけ、内ラチから五、六頭分は、水びたしといったありさまで、ほとんどの馬が馬場のいい外ラチいっぱいに駈け抜けてきた。乾いた鞭《むち》の音と、騎手たちの掛け声と、全部合わせると数トンにも及ぶであろう巨大で精緻《せいち》な生き物の地響きが、はねあがる泥の塊の中から湧《わ》きあがって、たちまちに消えた。馬たちがゴールを横切り、再び一コーナーを曲がり、余力と惰性にひきずられて、向こう正面あたりまで流れ去ってしまうと、寺井と河野を圧迫していた無数の人間たちもまた、怒号や詠嘆の響きを残して、汐《しお》のように引いて行ってしまう。

「お互い、かすりもしないってとこだな」

と寺井は明るい口調で言った。そんなに馬券に熱くなっているふうでもなかったが、寺井の頬には赤味がさして、さっきまでは見られなかった脂気までを、顔全体に浮き上がらせていた。

「次は、野苺賞《のいちごしょう》か。こうなりゃ語呂合わせで一―五でも買うか」

そう言って予想紙に目を通すと、一番と五番の馬に印が集中している。河野は、

「でも、この際、せめて一回ぐらい当たり馬券を握っとかないと、景気が悪くてしょうがねえや」

それから、お前はどうする、と寺井のほうに手を差し出した。寺井はその河野の手に千円札を二枚載せて、

「俺は、一―三。こういうレースは、本命が飛ぶと、意外につくんだぜ」

と言った。

「このレースが最後だぜ。もうそろそろ帰ったほうがいいよ。俺のほうがばててき

た」

河野は急いで馬券売り場のほうへ駈けた。払戻しを受ける窓口の前には長い列が出来ていたが、まだ馬券を売る穴場には、それほど人は並んではいなかった。灰色の建物の中は、夥《おびただ》しい人間の話し声や足音や、スリや情報屋と呼ばれるサギ師に気をつけるよう促す場内放送で噎《む》せかえっていた。

河野はふと、自分の前に並んでいる小柄な老人に目をやった。みすぼらしい老人であった。汚ない作業用の帽子をかぶって、よれよれのジャンパーを羽織っていた。まったく光沢の失われたゴムの長靴が、かかとのあたりで裂けている。老人は一心に、スポーツ紙の予想欄に目を落としていた。けれども、河野の心を釘《くぎ》づけにしたのは、そんな老人の風態《ふうてい》ではなく、しっかりと握りしめられている片方の掌からはみ出した、一枚の五百円札であった。河野は、しばらくのあいだ、その汚れに汚れた皺《しわ》だらけの五百円札に見入った。彼は、かつてこれほど哀《かな》しく萎えてしまった一枚の紙幣を、見たことはなかった。そして、かつてこれほど一枚の紙幣を、大切に握りしめている人間を、見たことはなかったのであった。

穴場の行列に加わって、少しずつ順番が近づいてくるにしたがい、彼は自分の買う馬券のことも忘れて、いったい老人が、どんな連番の馬券を買おうとしているのか知りたい衝動にかられた。あとにもさきにも、これ一枚きりしかないように思える金で、老人はどの馬を買うつもりなのであろうか。

「一―五」

と老人は窓口の女に言った。そうして、とぼとぼと人混みの中に消えていった。河野は寺井の馬券を買ってから、自分の買おうとしていた連勝複式の数字を言った。誰がどう考えても、次の六頭立てのレースは、一番と五番の馬以外、ありえないはずなのである。だが、あの老人がそれを買った瞬間、勝負は何か死神のようなものの手に渡った、と河野には思われた。河野も、一―五を買った。それは同じ馬券を握りしめているさっきの老人の、目に焼きついて離れない哀れでみすぼらしい何かに対する、軽い挑戦のような気持からであった。自分の持っている、平凡であっても何とか順調といえるもののほうが強いのか、老人の支払った、死神の使いみたいな五百円札の悪意のほうが強いのか、河野の悪戯心《いたずらごころ》が、ふと顔をのぞかせたのである。一年前の、まだ冬の名残りが夜風に混じって吹きつのってくる国電のホームで、佑子とまったく偶然に出くわした日のことが、河野の中に甦《よみがえ》った。

「看護もしないで、こっちで働いてますのよ」

と佑子は幾分自嘲《じちょう》めいた笑みを作ってつぶやいた。小さいけれどもぽってりとしている唇が、何か他のことをささやきかけているようだった。

「でもあの病気は、奥さんがしょっちゅう付いてなきゃいけないってもんじゃないでしょう」

「だけど、せめて近くにいて、着替えや、好物のおかずを届けてあげたりするのが、本当でしょう。こっちの病院に移るって話もあったんですけど、お義母《かあ》さんが近くにいるから、かえって便利じゃないかって」

だから私、お義母さんに預けて、こっちで羽根をのばしてますの、と佑子は言った。

「どこまで帰るんですか？」

「立川。私の実家なんです」

「じゃあ、僕も立川まで行こうかな」

どんな計算から、友人の妻にそんな言葉を投げたのか、いまとなっては河野にもよく思い出すことは出来なかった。立ち話のあいだ中、佑子の微笑や話しぶりからこぼれてくる、化粧でも香水でもない別の匂いを感じながら、多少の危険の伴う軽いゲームに足を突っ込んでみる気になったのかも知れなかった。河野は場内テレビでオッズを見てから、寺井のいるゴール前の柵のところに戻った。

「一―五は三倍、一―三だと八・五倍もつくぜ」

すると寺井は、小降りになった雨が広大な競馬場全体に覆いかぶさりながら、上空から差し込んでくる薄黄色の光にまみれて銀粉のようにゆっくり渦巻いている風景を見やりつつ、こう言った。

「つい最近まで、俺は会社を辞めるつもりになってたんだけど、でも、もう一度、頑張ってみることにしたよ」

「辞めようなんて、思ってたのかい？」

「ああ、サラリーマンが、二年も三年も病気で休んでみろよ。誰だって、そんな気になっちゃうもんさ」

この二年間、いろんなことがあったんだぜ、と寺井は言った。そして柵に体全体を凭せかけ、少しも気負ったところのない、たんたんとした口調で話し始めたのだった。河野は、寺井がそのために、競馬場という喧噪《けんそう》と静寂の不思議な反復で綾《あや》なされている孤独な広場に、わざわざ身を置いてみたかったことに気づいたのである。

ついひと月ほど前のことだった。朝、目を覚まして、ひょいと隣のベッドを見ると、ケンちゃんが珍しく先に起きていて、横たわったまま朝刊を読んでいた。

「へえ、今晩、武庫川《むこがわ》の土手で、花火大会があるんやてェ。おばちゃんの部屋から見えへんかなァ」

蒲団の中でもぞもぞしている寺井に、ケンちゃんはそう言って話しかけてきた。おばちゃんというのは、寺井たちのいる大部屋のちょうど真上にあたる三人部屋に、ひとりで入っている初老の婦人だったが、すでに入院してから十年が過ぎていた。おばちゃんの部屋には、いまは他に誰も患者が入っていなかったから、みんなでしょっちゅう押しかけて、常にきらせたことのない数種類の菓子をごちそうになっては、芸能人のゴシップとか、プロ野球の話題とかを聞かされて、時間をつぶした。おばちゃんは、そうした話題に、若い者も舌を巻くくらい詳しかったが、それは病院の近くにある大きな酒屋に嫁いでいるひとり娘が届けてくれる、ありとあらゆる雑誌や週刊誌から得た話題であった。おばちゃんは背が低く、丸々と太っていた。

「肥えてんのんとちゃうねん。むくんでるねんがな」

おばちゃんは男の患者たちにひやかされるたびに、両手で顔をさすりながら、そう言った。おばちゃんの両肺は、正常な人と比べると、約半分近くも縮んでしまっているのだということだった。結核と湿性肋膜、それと関節リューマチに腎臓までやられて、半死半生の形でかつぎこまれた。入院当初は体重が二十六キロしかなくて、看護婦がてっきり子供の患者だと間違えたという話は、寺井もよく耳にしたほどである。入院後八年間、まい日まい日、それこそ雨の日も風の日も、一日も休まず朝から晩まで看病しに通いつづけたおばちゃんの亭主は、寺井が入院して三ヵ月目に、脳卒中で死んだ。おばちゃんはそんな肺になってしまって、いつ呼吸不全を起こすか知れない状態で、しばらく夫の死を知らされなかった。だが、ある夜、娘からそのことを伝えられた。いまでもときおり思い出したように、おばちゃんは寺井にこう言うときがある。

「ほんまに、この世で、あれほど泣いた晩はなかったわ」

だが、おばちゃんには、たったひとつ明るいジンクスがあった。この十年間、幾十人もの女性患者が、いれかわりたちかわり、おばちゃんと同室になったが、その中でひとりとして、死体となって病院を出た人がないというのである。だから新しい女の患者が入院してくると、古くからいる看護婦や、寺井の部屋の連中が、口をそろえて、そのことを教えてやるのだった。すると、おばちゃんと同室になった女の患者は、

「いやあ、ほんまァ？　嬉しいわあ」

と両手を胸のところでぎゅっと合わせて、それまで決して表わさなかった明るい笑顔を満面にたたえるのである。

ところが、寺井と同室の、いちばん奥の壁ぎわにいる高嶋さんは、二階のおばちゃんとは反対に、不吉な噂《うわさ》に包まれた人物であった。高嶋さんも、かれこれ八年近く、この病院に入院していた。左右の肺の上葉に鶏卵大の空洞があった。終戦後、十八歳のときに発病して、ちゃんと治しておかなければならない時期に、薬や栄養をまともに取ることが出来なかったのだった。何とか誤魔化し誤魔化しして生きて

きたが、五十歳になったとき、重い糖尿病を併発して、再び喀血したのだった。結核患者が糖尿病にかかったら、もう治るという望みを失《な》くしたも同然だった。高嶋さんは数年前から生活保護を受けるようになり、年々、痩《や》せて強い猫背になってきた。顔もかさかさで白い粉がふいていた。そしてその高嶋さんのベッドと隣り合わせになった患者は、どういうわけか徐々に悪化して死んでしまうか、死なないまでも、決して良くなることがないという噂を聞きつけてきたのは、他ならぬ該当者であるヒデさんだった。

「おい、冗談やないがな。わしはいややでェ。他の部屋に変えてもらわな、どもならん。そんな死神みたいなやつの横で、おちおち寝てられへんがな」

そんなのは単なるデマにすぎない、と婦長に説得されても、ヒデさんは容易に引き下がらなかった。ヒデさんが入院してくるまで、高嶋さんの隣のベッドには〈トウホクさん〉と呼ばれる重症患者が入っていたが、トウホクさんは、もう酸素ボンベを枕元から離せない状態になり、夜中になると苦しそうな呻《うめ》き声を洩《も》らすため、大部屋の隣の個室に移っていった。ヒデさんは、トウホクさんがいい例だというのであった。

「あいつも、もうそろそろお迎えが来そうやないか。いややでェ、わしは絶対、別のベッドに変えてもらうさかいなァ」

ところが、将棋の好きなヒデさんの相手が出来るのは、この病棟では高嶋さん以外いないのであった。おまけにすぐ隣のベッドだったから、二人は自分のベッドに横たわったまま、あいだに小さな台を置いて、四六時中将棋をさしていられる。部屋を変わったら、そのたびにいちいち将棋盤を持って、ヒデさんは高嶋さんのもとに通わねばならなくなる。結局、寝たまま将棋をさせることのほうが、高嶋さんにまつわる真偽のさだかでないジンクスよりも重要であったらしく、ヒデさんはいつのまにか、そのままいわくつきのベッドに居ついてしまったのだった。

「花火、見に行きたいなァ」

何やら駄々っ子みたいにケンちゃんが、蒲団の中でつぶやいていると、歯ブラシを口にくわえた金さんが、洗面所に行くためにゆっくり扉に近づいて、

「みんなで行こ行こ、花火見物に行こ」

と聞き取りにくい言葉遣《ことばづか》いで言った。金さんは名前を満家といった。日本語なら大金持ちという意味だとケンちゃんがひやかすと、金満家は薄い眉《まゆ》のつけ根に皺を寄せて、

「そやそや、わしは済州島では金持ちの家に生まれたんや」

と笑った。十一歳のとき、一族で日本に渡って来たのだという。病室の窓から外を見つめて、ときどき野良犬の姿をみつけると、金さんは、

「わしらの国では、あれが肺病の特効薬や」

と教えてくれる。そして寺井に試食してみることをすすめるのである。

「うんこがしたなると、そこらに歩いてる犬を呼ぶんや。尻をまくって、口笛を吹くと、喜んで寄って来よる。そのままうんこを全部食べてくれて、ちゃあんと、あとまで舐《な》めて拭《ふ》いてくれる。わしらの国では、この人間のうんこを食べて大きなった犬の肉が、肺病によう効くいうて、高い値がつくねん」

だから自炊室で、金さんが何か料理を作っていると、寺井たちは、犬だ、犬だと言って笑い合うのだった。その金さんが、洗面所から帰って来て、こう言った。

「トウホクさん、えらい静かやでェ。死んでるのんと違うかァ？」

寺井とケンちゃんが顔を見合わせているうちに、ヒデさんが無言で起きあがって、トウホクさんの病室まで様子を見に行った。

「びっくりさしないな。よう寝てるんや」

ヒデさんは、ぼりぼり首筋や腹のまわりを掻《か》きむしって、そのままベッドにもぐり込んだ。

寺井は、最近急に衰弱してきたトウホクさんの、ベッドに小さく横臥して酸素の量を自分で調節しながら、一日中細かい息づかいをつづけている姿を思った。トウホクさんは、そんな重症患者でありながら、同病の誰からも庇《かば》ってもらえなかった。

人に不快なものを与えるところがあった。たいした理由もないのに、人に嫌われてしまうものを持っていたのである。本名は別にあったが、強い東北訛《なま》りを茶化して、そういうあだ名がつけられていた。寺井は入院してから一度も、トウホクさんのところに見舞いの人が訪れたのを見たことはなかった。身寄りもまったくないのか、家族や親類らしい者も、誰ひとり訪れるものはなかった。高嶋さんの話によると、生きているのが不思議なくらいの肺の状態らしかった。

「もうほとんど、ないのも同然ですのや」

と高嶋さんは言った。とくに体の調子のいい日、トウホクさんは壁伝いに廊下まで出てくることがあった。そんなとき、寺井が挨拶《あいさつ》をしても、返してはこなかった。ただ黙って、ちらっと寺井の顔をうかがうと、そのまま目をそらせて、ほんのわずかばかり頭を下げるだけである。他の誰に対しても、それと似た態度をとっていた。

「武庫川の土手まで歩いたら三十分ぐらいやから、寺井さん一緒に行けへんか？」

ケンちゃんは、ほんとに花火見物に行ってみたいらしく、しきりに寺井を誘った。喀痰《かくたん》検査の結果が、初めてマイナスになったことで、ケンちゃんはここ二、三日ずっとはしゃいでいたのである。

「外出許可の届けに、花火見物のためって書くのかい、院長に怒鳴られるぜ」

「そんなもん出さんでも、内緒でこそっと抜け出たらええがな」

「ひとりで行ってこいよ。看護婦に訊かれたら、俺がうまく誤魔化しといてやるからさ」

「ひとりでは、ちょっと心細いんやなァ……」

朝食が配られて、みんな思い思いの方向に体を向けて丸椅子に坐り、無言で食パンを頬張り始めた。二年間、寺井は毎朝、この味気ないぱさぱさのパンを銀紙に包まれた小さなマーガリンで塗りたくり、冷たい牛乳で無理矢理飲み下してきたのであった。高嶋さんは八年間も、二階のおばちゃんは十年間も。そう思った瞬間、寺井は、いったいこの人たちは誰であろうかという思いにかられた。自分にとって、金さんやケンちゃんや、ヒデさんやトウホクさんは、いったいどんな意味を持つ人間なのであろうか。病気にさえならなければ、決して知り合うこともなかった縁もゆかりもない他人ではあったが、そのときの寺井には、それが単なる偶然であるとは思えなかったのだった。同じ病院の一室で、長い辛《つら》い日々を暮らすはめになることを、もうとうから約束しあっていた、深い間柄の人たちに思えて仕方がなかった。彼は食後の薬を服みながら、長い期間逢っていない妻の顔を思い描いた。ときおりかかってくる電話の声から、寺井は、佑子の身辺にかすかな異変を感じ取ってはいたが、それがいったい具体的にどういう事態であるのか、思い切って問い糺《ただ》してみる気にはなれなかった。佑子には、女としてあぶない部分があるように思えていた。

電話口から流れてくる妻の口調のところどころに、そのあぶない一点の高まりと、それをさりげなく覆い隠そうとする不必要な静まりが交錯していた。寺井にははっきりとそれがわかるのである。病状の恢復も、予想していたよりはるかに遅く、寺井の中に烈しい焦りが生じて来てもいた。社会復帰できても、すでに社内における自分の場所は、以前とは比較にならない寂しい一角に後退しているであろう。ましてや、この病気には、再発というどんでん返しが、絶えず待ち受けていることを、寺井は同じ入院患者の口から、いやというほど教えられていたのである。

ヒデさんもケンちゃんも、日光浴をしてくるといって、裏庭に出て行った。高嶋さんと金さん、それに寺井の向かいのベッドの亀山という老人が、部屋に残っていた。亀山は、八十歳に近く、もう治る力もなかった。ひとことも喋らず、一日中ベッドに寝たきりで、昼と夕方の二回、家族の誰かが、下《しも》の世話をしにやってくる。親切な看護婦ばかりではなかったから、よく失敗して、悪臭を発したが、そのたびにぶつぶつ文句を言いながらも、あとしまつをしてやるのは、金さんであった。

「爺《じい》さん用に、一四、犬を飼わなあかんな」

金さんは真顔で、よくそうつぶやいていた。

寺井も日を浴びようと思って、ガウンを羽織り、廊下に出て行った。トウホクさんの部屋のドアが少し開いて、咳《せ》き込む音が聞こえていた。寺井はどうせ邪魔臭げ

にあしらわれるだろうと思いつつ、顔をのぞかせて、

「調子はどうだい」

と声をかけてみた。トウホクさんは酸素吸入器を外して、ひょいと首だけもたげると、長いあいだじっと寺井を見つめた。その目の異様な潤《うる》み具合に驚き、寺井はベッドの傍へ寄って行った。

「ねえ、苦しかったら、いつでもベルを押すんだぜ。ひとりで我慢なんかしないでさあ」

寺井の言葉が終わらないうちに、トウホクさんはしぼりあげるようなかすれ声でこう言った。

「わす、死《す》ぬたくねえ」

そして、涙をぽろぽろと流し、迷子の子供が親をさがすような仕草できょろきょろ部屋中を見廻してからさらに何か言おうとしたのである。

「大丈夫だよ。死ぬはずないじゃないか」

寺井は蒲団の乱れを直してやってから部屋を出たが、トウホクさんの初めて他人に見せた弱気な言動に、胸のふさがる思いであった。彼は、その足で看護婦詰所へ行き、トウホクさんの様子がいつもと違うみたいだから、気をつけてやってくれと頼んだ。

昼食も済み、そのあとの安静時間も終わった三時ごろ、いつもの検温にやって来た若い見習い看護婦が、トウホクさんの死んでいるのに気づいて、大きな悲鳴をあげた。トウホクさんは、ベッドから少し体をのけぞらせるようにして、死んでいたのだった。枕元では、酸素吸入器が、しゅうしゅうと音をたてていた。

院長や看護婦がいなくなってから、寺井たちは、しばらくトウホクさんの遺体の傍に立っていた。おばちゃんも高嶋さんも涙ぐんで、何度も何度も同じ言葉を繰り返した。

「安らかな顔や。苦しまんと、静かに死んだんやなァ」

「ほんまになァ、安らかな顔やなァ」

けれども寺井には、トウホクさんの死に顔は、決して安らかなものには見えなかった。うっすら開かれた両の目には、ついにみつからぬ何ものかを懸命に捜し廻ったあとの、疲労と無念の思いが満ちているように思えたのであった。

寺井は自分のベッドに戻り、ケンちゃんの貼ったヌード写真を眺めた。看護婦が見に行っても、ふだんと変わらない様子で黙りこくっていたということだったから、トウホクさんはこの世での最後の言葉を、寺井に残して去って行ったということになる。わす、死《す》ぬたくねえ——それはまた同時に、トウホクさんが寺井に向かって投げかけた、あとにもさきにもたった一度きりの言葉でもあったのである。

寺井は、みんなが病室に戻って来てからも、ずっと長いこと黙って天井を見つめていた。深い悲哀感が、あとからあとから湧いてくるのであった。

トウホクさんの遺体は霊安室に移されたが、ひとりとして友人も親戚の者もやってこなかった。そんな寂しい遺体の傍に、病人は誰もみな近寄りたくはなかった。おばちゃんと高嶋さんが、ときどき霊安室の近くまで行ってみるのだが、結局中に入りきれずに引き返してくる。いつも九時の消灯時に廻ってくる看護婦が七時に顔をのぞかせて言った。

「みんな、お変わりありませんか？　きょうはもう九時には廻って来ませんから、よろしくお願いしますね。何かあったら、ベルを押して下さい」

半日、沈痛な面持ちで過ごした病人たちは、そのひとことで何となく解放された気分になって、にわかにざわめき始めた。

「なあ、花火大会に行けへんかァ？　ちょっとにぎやかに厄落としせんと、気が滅《め》入《い》ってしゃあないがな」

ケンちゃんが誰に言うともなくつぶやくと、最初にヒデさんがその気になった。つづいて金さんが服に着替え始め、寺井を強引に誘った。すると、まさかと思われた高嶋さんまでが、わしも行こかな、と言いだしたのだった。亀山老人と二人きりで、この陰鬱《いんうつ》な夜を過ごすくらいなら、気のすすまない花火見物につきあうほうがまだましだ、寺井はそう思って、しぶしぶ重い腰をあげたのである。

「おばちゃんも誘《さそ》てきたろ」

そう言ってケンちゃんはそっと二階にあがって行ったが、すぐ嬉しそうに笑いながら降りて来た。

「おばちゃんも行く言うてるでェ」

「ほんまかいな。うしろから線香持って、歩かなあかんがな」

ヒデさんは一瞬当惑顔で言った。ひとつ調子が狂ったら、いつ呼吸不全を起こすかわからないおばちゃんまでが同行するとは、誰も予想していなかったのであった。

「おい、おばちゃんは駄目だよ。もし万一のことがあったら、どうするんだ」

寺井がケンちゃんをたしなめると、

「そんなこと言わんと、一緒につれて行ってェな」

いつのまに降りて来たのか、着物に着替えたおばちゃんが、丸い顔をほころばせて立っていた。

「ちょっと頑張って歩くようにて、院長先生にも言われてるねん。病院の中を歩いてもしれてるし、花火大会なんて、もう何十年も見たことないわ」

「よっしゃ、しんどなったら、わしの背中に乗せたるわ」

と、いちばん軽症の金さんが言った。

六人はこっそり病院の中庭を通って、看護婦の寮の横を抜け、裏門のくぐり戸から外へ出た。

「何やしらん、ものすごう悪いことしてる気ィになってきた」

とケンちゃんが小声で言った。ケンちゃんは自動車の修理工で、入院して来たときは五分刈の頭だったが、それ以後一度も散髪をしないのでいまは耳にかぶさるほどの長髪になっている。自動車の塗装に使うシンナーとかテレピン油とかが、噴霧する際、やはりどうしても胸に吸い込まれて、それで悪化してしまったのだと信じていた。

みんなは、おばちゃんの体を気遣って、ゆっくりゆっくり歩いた。それで、三十分もあれば着くだろうと思っていたのだが、武庫川の土手らしいものが見え始めたときには、病院を出て五十分近くたっていた。花火も、見物客らしい人通りもない、静かな闇だけが、前方にひろがっていた。

「ほんまに、花火大会やってるのかいな。ケンちゃん、間違うたんと違いますやろなァ?」

と高嶋さんが怪訝《けげん》な面持ちで夜空を見やった。ケンちゃんもしきりに首をひねって、川のあるあたりの上空に目をやった。住宅街を抜け、高い土手をのぼって、川が一望できるところに来ても、花火の打ち上げられる光景には出逢わなかった。

「おかしいなァ。確かに今朝《けさ》、新聞で見たんやで。西宮市主催で初めての花火大会をやるて書いてあったがな」

「ほんまに、武庫川やろなァ？」

金さんが坊主頭に鉢巻をしめて、ひとり河原に降りて行った。遠くの橋の上では、停滞した車のテールランプが、対岸からまっすぐつらなって伸びて来ていた。

「西宮市に、武庫川より大きな川があるかァ？」

ケンちゃんも、金さんを追って暗闇の中にわけ入った。それにつづいて、寺井もおばちゃんの手を引いてやりながら、河原の草の上を歩いて行った。広い川幅の中央で、浅い流れが光っている。長い土管が五、六本、流れのすぐ縁《ふち》のところに捨てられていたので、みんなそれぞれに腰を降ろして、ぽかんと何もない夜空を見つめた。花火など、どこからもあがってはこなかった。河原に坐っているのは、寺井たちだけで、ほかに人の姿は見当たらなかった。おかしいなァ、おかしいなァ、とケンちゃんがつぶやいていると、

「お前なァ、武庫川いうても、長いんやぞお。下《しも》へ下《くだ》ったら、尼崎の海まで行ってまうし、上《かみ》へ上がったら、えーと、どこへ行くんかいなァ……」

ヒデさんが、いつもの機嫌の悪そうな言い方で、ケンちゃんに詰め寄ると、

「まあええがな。おかげで結構な散歩が出来たわ。ええ空気を吸うて、気持が晴れ

たわ」

　とおばちゃんが中に割って入った。季節外れの生温かい風が、ここちよいぐらいにそよそよと吹き渡っている真っ暗な河原で、五人はいつまでも上空を見上げていた。

「俺も、いつかトウホクさんみたいになって、死んでしまうんと違うやろか」

　ケンちゃんの言葉は、また寺井の不安をも代弁していた。多くの特効薬が出来たとはいえ、その力を吸収する生命力の有無が、治る人と治らない人との差になって表われることは、当然なのであった。寺井は、自分の中から、多くのものが喪《うしな》われてしまっていることに気づいた。肉体の力でもなかった。気力でもなかった。自分を生かしている、何か巨大な力を、知らず知らずのうちに喪失《そうしつ》してしまったように思えてきたのである。しかし考えてみれば、このどうしようもない喪失感に襲われるのは、なにもきょうが初めてではない。入院して三ヵ月が過ぎ半年が過ぎるうちに、怒りとか焦りとか悔しさとかの混ざり合った、叫びだしたくなるような激情が、静かに執拗《しつよう》に、寺井の中で醸成されていったのだった。寺井はしばしば、地下鉄のホームで喀血した瞬間のことを思い出した。そして二ヵ月に一度、東京からやって来る佑子の姿や体臭を思った。妻の心も、自分の病も、流れ過ぎていく時間も、寺井にはどうすることも出来ないのであった。

ふと、寺井は自分の前方に腰かけているケンちゃんや金さんのうしろ姿に目をやった。黒い輪郭が、さざなみの光の中に浮いていた。申し合わせたみたいに、誰も何も喋《しゃべ》ろうとしなかった。そのとき、川下でどぼんという大きな音が聞こえた。何かが川に落ちた音であった。みんなは一瞬、音のほうに顔を向けたが、川面《かわも》の鈍い光沢以外、何も見えなかった。ややあって、おばちゃんが、

「あれ、高嶋さん、どこへ行ったんやろ」

と言った。そう言われてお互いの顔を確かめあっているうちに、ケンちゃんが悲痛な声で、高嶋さんの名を呼びながら、音の聞こえてきた方向へ走った。

「おっさん、飛び込みよった」

ヒデさんも、やにわに立ちあがって、ケンちゃんのあとを追った。寺井もそれにつづいて、草叢《くさむら》を走った。

「あかん、真っ暗で、何にも見えへんわ」

金さんが川っぷちの流れの中に膝《ひざ》までつかって、呻くように言った。

「えらいことやってくれよったなァ。すぐ警察に知らせなあかんで。おい金さん、あんたすぐに電話してきてくれ」

ヒデさんの言葉で、金さんは土手に向かって駈けて行き、十円玉、十円玉と叫びながら戻って来た。みんなポケットに手を突っ込んで十円玉を捜したが、あいにく

誰も十円玉を持っていなかった。

「おばちゃん、十円玉、持ってないか？」

ケンちゃんの声で、寺井は初めておばちゃんのことが不安になった。おばちゃんは片手をみぞおちのあたりに当てがったまま、呆然《ぼうぜん》と立ちつくしていた。誰もが、予測もしなかった事態で動転していた。

「こら、ケンちゃん、ようも騙してくれたなァ」

その声でみんなが土手のほうを振り向くと、高嶋さんが、両手に大きな紙包みを持って歩いてくるのが見えた。

「花火大会はなァ、きのうや。それも子供騙しみたいに、十五、六発打ち上げただけで終わりやて、パン屋のおばはんが笑《わろ》とったがな」

「高嶋さん、どこ行ってたん？」

ケンちゃんの声が震えていた。そして両手で顔を覆って泣きじゃくり始めたのだった。

「パンを買いに行ったんや」

紙包みの中には、缶ジュースやら、あんパンやらが入っていた。

「パンを買いに行くなら行くと、ちゃんと言うていったらどうや」

ヒデさんに耳元で怒鳴られて、高嶋さんは小さな細い目をしばたたかせると、きょとんとみんなを見やった。

「ほんなら、さっきの大きな音は何やったんやろ」

と金さんが濡れた靴下をしぼりながら言った。金さんもよっぽど慌《あわ》てていたらしく、靴を履いたまま、流れに足を入れたのだった。

六人は土管のところに戻り、並んで腰を降ろすと、高嶋さんの買って来たあんパンを食べた。ケンちゃんもしゃくりあげながら、パンを頬張っていた。

「でも、こんな甘いの、高嶋さんには悪いんじゃないのかい？」

寺井は、高嶋さんの猫背に目をやって、そう訊いた。

「まあ、自殺行為に近いですやろ」

「お前なんか、死んでまえ」

ヒデさんが、また怒鳴った。

「そらまあ、いっそのこと死んでしもたほうが楽やないか、と思うこともありますけど」

それから高嶋さんは、よれよれの上着のポケットから缶ビールを一缶出して、ヒデさんの顔前で軽く左右に振ってみせた。

「あんた、きっと飲みたいやろと思《おも》て、買《こ》うてきたったのに、えらいえげつない言い方しはりまんなァ」

あれっ、とヒデさんは叫んで、高嶋さんの手から缶ビールを受け取った。

「人情の機微のわかる人やなァ」

「そらあんた、苦労の仕方が違いまんがな」

ヒデさんは早速ビールを口に含んだ。半分くらい飲んだところで、ふてくされてうつむいているケンちゃんにも、飲むようにすすめた。

「いやや、肺病がうつる」

その言葉で、みんな笑った。おばちゃんが不安そうな顔つきをして、

「ちょっと、気分が悪《わる》なってきた」

と訴えた。みんな慌てて立ちあがった。金さんが中腰になって、背中に乗るように促したが、おばちゃんは、大丈夫だと言って、しばらく胸を押さえていた。二、三回、深呼吸をしてから、笑顔で言った。

「ああ、よかった。発作が起こりかけたみたいで、びっくりしたけど」

それをしおに、六人は帰路についた。土手をのぼるとき、遠慮しているおばちゃんを強引に背負って、金さんは、吹うけえば飛ぶような将棋の駒《こま》あにィと歌った。

場内窓口の締切りをしらせるベルが鳴り、観客はゴール前の柵やスタンドいっぱいにあふれてきた。寺井はそこまで話し終えると、おだやかな口調で言葉をついだ。

「高嶋さんが、みんなのために、パンやジュースを買い込んで、真っ暗闇の河原の中からひょっこり現われたとき、俺の中から、何かが抜けて落ちたんだ。憑物《つきもの》が落ちたんだよ」

ゲート前で集合図の旗が振られた。濡れそぼって黒光りする数頭の馬が、首を弓なりに曲げたり、せわしなくぐるぐる同じところを廻ったり、まるで戦う意志など持ち合わせていないかのように、ひょいと遠くをうかがったりして、馬丁《ばてい》たちの走り寄って来るのを待っている。寺井は自分の胸の、病巣のある部分を軽く叩いて、にやっと笑い、

「こんなのに、やられてたまるかよ」

と言った。そして、スタート台にのぼって行く係員の姿に視線を移した。

ファンファーレが鳴り、場内放送が始まった。一斉に走り出した六頭の馬は、しばらく靄《もや》の中で見え隠れしていたが、向こう正面から三コーナーにかかる地点で、競馬場を取り囲んでいる植込みや障害競走用の生垣によって、完全に姿を隠してしまった。喚声とアナウンスの声が、うしろのスタンドの中で反響している。四コーナーを曲がって直線コースに入って来ても、河野のいるところからは、馬たちの姿は見えなかった。靄と泥と芝生の淡い緑だけが、すさまじい人の叫びの中で静まりかえっていた。

「一—五や、一—五で決まりやァ」

という声がうしろで聞こえた。河野も寺井も柵から身を乗り出し、思いきり伸びあがって、次第に大きく膨《ふく》れあがってくる六つの黒点を見つめた。黒点はやがて泥まみれの精巧な生き物の形を成して、ぬかるみの上を疾走して来た。五番の馬が、一番の馬を二馬身近く離していたが、あとの四頭は大きく遅れて、すでに勝負にはなっていなかった。結果はすでに決まったも同然なのに、場内放送だけが、何度も何度も馬の名前を連呼して興奮をあおっていた。

二頭の馬が競《せ》り合って河野と寺井の前を走り過ぎようとしたとき、突然、巨大などよめきが響き渡った。べしゃっと叩きつぶされるようにして、五番の馬がぬかるみに倒れ込んだのであった。馬はすぐ起きあがって、くるくると同じ場所を廻り跳ねていた。左の前足が真ん中の関節の部分で折れ、その薄桃色の折れ口で自分の胸を突き差したのである。胸から血の噴き出しているのが見えた。もんどりうって投げ出された騎手が起きあがり、肩のあたりを押さえたまま、馬の傍に歩み寄って行った。馬は一度ぐらっと倒れて、再び起きあがり、火がついたように踊り狂い、そしてまたぬかるみに崩れ落ちた。怒号があちこちで飛び交い、嘲《あざけ》りや不満や悲鳴とともに、ただの紙きれと化した馬券の紙吹雪が、人々の顔や肩に舞い落ちて行った。救護車がやって来、馬運車が停まった。死んだのかと思われた馬が、またがばっと跳ね起き、激痛に突き動かされて馬場の上でのたうった。馬はぶらぶらになった自分の前足を、不思議そうに見つめて、さながら指先についた汚物を払い落とそうとでもするように、激しく振り廻すのだった。血は、馬の鼓動に合わせて、間断なく噴き出ていた。

解説

田中和生

だいたい故郷というものについては愛憎半ばして冷静に見られないものなので、どれだけ客観的な意見かわからないが、わたしの郷里の富山県はあまりお国自慢が上手ではないようである。

まあ自慢するためには自慢できるものがないといけないわけで、それなら水がうまいとか米がうまいとか魚がうまいとか、みんなひっくるめて酒がうまいとか自信のあるところだけ自慢しておいて、あとはつんと澄ましていればいいのであるが、もともと威張るのに慣れていない人はどこかでぼろが出る。わが富山県も、つい不得手な分野に手を出したりして、右往左往している。たとえば文学がそうである。

大伴家持がいっとき居たことがあるといって誇らしげに「万葉」と言ってみたり、松尾芭蕉の「奥の細道」であまりよく書かれてないと言って青くなったりしている。「広場の孤独」で芥川賞を受けた堀田善衞が富山出身だと言って興奮し、木崎さと子の芥川賞受賞作「青桐」が富山を舞台にしていることをことさらに言い立て、しかし重要な詩人である瀧口修造はなぜかほとんど知られていない。総じてあまり自慢することがなくて、自慢しにくいところをむりやり富山に結びつけているのであるが、わたしは富山を舞台にして富山弁の会話がふんだんに出てくる宮本輝「螢川」に、そんな雰囲気のなかで出会った。

正直に言えば、わたしが富山出身でなければ宮本輝は読まなかったかもしれない。なぜならわたしが日本の小説に興味をもちはじめた一九九〇年ごろ、たとえば宮本輝というのは斉藤由貴が主演した映画「優駿」の原作者の名前で、「現代文学」とは村上龍や村上春樹や島田雅彦や吉本ばななが書くようなもの、という印象だったからだ。

都会的で家族のような因習に縛られず、従来の私小説とは違った新しい書き方で、個人としての自由を追求しているように見えるそれらの作品が前提とする感受性から見て、親と子の世代が濃密にかかわり、それほど自己主張しない書き方で、地域社会に根ざした人間の生活を描く宮本輝の作品は、唐突なほど異質だった。若い世代の現代文学の作家や評論家で、宮本輝についてなにか書いているものをあまり見かけないのは、あるいはそのせいかもしれない。

しかしよく考えてみれば、宮本輝ほど頭でっかちで青臭い文学の読者を黙殺して小説を書いてきた作家はいない。

かつて、東京に出て新しいものに憧れていたわたしが「螢川」を読んで受けたのは、文学も人間もそれほど簡単に変わらないのだということに対する驚きのようなものだった。そこにはわたしがよく知っている富山があって、それがそのまま文学になっていた。富山の土の匂いのする言葉が、都会的でも自由でもない人間をくっきりと描き出していた。それは小説でありながら、あたかも多くの口演者によって磨きあげられてきた人情噺のように古典的だった。

一九八一年に刊行された『星々の悲しみ』は、デビュー直後の「川三部作」と呼ばれる「泥の河」「螢川」「道頓堀川」や古風な書簡体小説「錦繡」とおなじ時期の短篇集である。表題作である「星々の悲しみ」は、大学浪人をしているまだ若い「ぼく」が、文学に目覚めていく過程を描いたような小説である。

《その年、ぼくは百六十二篇の小説を読んだ。十八歳だったから、一九六五年のことだ。》

これはその冒頭であるが、なぜ受験勉強をしなければならない「ぼく」が小説をたくさん読むことになるのかと言えば、それは十八歳の男の子らしく、勉強するつもりで行った図書館で見かけた年上らしい女性の気を引くためである。一九八〇年代以降の「現代文学」的な感覚で言えば、そういう本質的な動機のない読書こそ大学浪人という社会秩序に組み込まれた生活からの個人としての自由ということになるのだが、宮本輝はそうは書かない。むしろその実体のない「自由」は入口で、それが真の自由になるまでを描く。

たとえばそのために必要なのは、それらの文学作品と拮抗《きっこう》するだけの重さをもつ体験なのだが、宮本輝と同年である一九四七年生まれのポール・オースターが、ほとんどおなじ設定からはじまる同質の発想による長篇を書いている。

《一九六五年の秋に、僕はニューヨークにやって来た。当時僕は十八歳で、最初の九か月は大学の寮に住んだ。コロンビア大学では、自宅通学者を除いて一年生はキャンパス居住が義務づけられていたのだ。第一学年が終わるとすぐ、僕は西一一二丁目のアパートに引っ越した。そしてその後の三年間、とうとうどん底に落ちてしまうまで、そこで暮らした。もろもろの条件を考えてみれば、三年ももったのは奇跡といってよかった。

僕は千冊以上の本を抱えてアパートで暮らした。それはかつて伯父のビクターが所有していた本だった。》（ポール・オースター『ムーン・パレス』柴田元幸訳）

ここで千冊の本は、伯父がもっていたので、たまたま「僕」のものになる。まったく身寄りのない「僕」はそれを読破するという実質的な目的のない生活をはじめるが、もちろんそれは自由などではなく、「どん底」に辿りつくまでの時間潰しのようなものだった。本当の「僕」の生活は、当座の生活のために読み終えた本をすべて売り払ってしまったところからはじまる。そうして「僕」は聡明で美しい中国人女性と恋愛し、風変わりな老人の家で住み込みの仕事をし、自らの出自についての鍵を握る肥った歴史学者と出会う。

ちょうどそれが「星々の悲しみ」では、「ぼく」が偶然知りあった浪人仲間の「有吉」と「草間」と一緒にすごす時間にあたっている。「ぼく」は小説を読むきっかけとなった女性と仲良くなる可能性がなくなっても、がむしゃらに小説を読んで空《むな》しい気持ちさえ感じているが、それが反転するのは優男で秀才の「有吉」が亡くなってからである。

作品の終盤で、「有吉」のことを好きだった妹と話していて、「ぼく」は「有吉」に対してわだかまっていた気持ちが解ける。すると「ぼく」は、最後にお見舞いに行ったときに「有吉」が口にした、「またな」の後につづく言葉を聞きとりたいと切実に思いはじめる。そして文学作品とは、その永久に失われた言葉をどうにか書き記そうとしたものではないかと気づく。

そのとき、一つの小説はもう言葉を口にすることができないひとりの人間の「悲しみ」に匹敵するものとして、「ぼく」のなかで「星」のような輝きを見せはじめる。だからその年に読んだ百六十二篇の小説は、作中で夭折した画家の印象的な絵として象徴的に語られる「星々の悲しみ」そのものなのである。

こうして宮本輝が描こうとしているのは、「文学」が実体のある文学になるまでの、「自由」が真の自由になるまでの、徹底した成熟の過程であると言える。「星々の悲しみ」以外の作品でも、十六歳の「ぼく」が大人同士の性の世界を垣間見る「西瓜トラック」も、結核病棟で治療している「ぼく」が四十年治療をつづけている患者がする影絵遊びを見る「北病棟」も、小学生の「啓一」が住み込みで働く男のマッチの火を眺めるという奇癖を覗く「火」も、精神病院で亡くなった父の葬儀の顚末を大学生「ぼく」の視点から描いた「小旗」も、蝶のコレクターである不思議な床屋についてサラリーマンの「私」が語る「蝶」も、いずれも視線は大人の一歩手前に置かれ、そこから大人の世界はいくぶん「わけのわからないもの」を抱えたものとして描かれる。

そして成熟とは、ちょうど文学という「わけのわからないもの」を丸ごと受け入れるように、その「わけのわからないもの」を抱えた世界を承認してそのなかに入っていくことにほかならない。

一九八〇年代以降の日本の現代文学が、若い読者に向かって個人主義という名前で未成熟と幼稚化を売りものにして生き延びてきたことを考えるなら、その成熟へのこだわりこそ宮本輝の独創であり、同時にその作品を現代文学のなかで見えにくくしてきた原因なのだと言わなくてはならない。

だがいつも成熟へと向かう言葉に耳を閉ざしたがる若い世代がもっとも切実に必要としているのは、やはりその成熟へと向かう言葉なのである。

（文芸評論家）

この文庫は一九八四年に文春文庫から刊行された『星々の悲しみ』の新装版です。表記、改行などは、『宮本輝全短篇』(二〇〇七年、集英社刊)を参考に改めました。

収録作品初出誌一覧

星々の悲しみ	別冊小説新潮	昭和五十五年秋季号
西瓜トラック	オール讀物	〃五十五年八月号
北病棟	野性時代	〃五十六年一月号
火	新潮	〃五十五年一月号
小旗	世界	〃五十六年一月号
蝶	作品	〃五十五年十一月号
不良馬場	文學界	〃五十四年十一月号

単行本　昭和五十六年四月　文藝春秋刊

文春文庫

星々《ほしぼし》の悲《かな》しみ

定価はカバーに
表示してあります

2008年8月10日　新装版第1刷
2025年9月25日　　　　第9刷

著　者　宮《みや》本《もと》　輝《てる》

発行者　大沼貴之
発行所　株式会社　文藝春秋

東京都千代田区紀尾井町3-23　〒102-8008
TEL　03・3265・1211㈹
文藝春秋ホームページ　https://www.bunshun.co.jp

落丁、乱丁本は、お手数ですが小社製作部宛お送り下さい。送料小社負担でお取替致します。

印刷製本・TOPPANクロレ

Printed in Japan
ISBN978-4-16-734824-3

（　）内は解説者。品切の節はご容赦下さい。

横山秀夫
クライマーズ・ハイ
日航機墜落事故が地元新聞社を襲った。衝立岩登攀を予定していた遊軍記者が全権デスクに任命される。組織、仕事、家族、人生の岐路に立たされた男の決断。渾身の感動傑作。（後藤正治）
よ-18-3

伊坂幸太郎
死神の精度
冴えない会社員、昔ながらのやくざ、恋をする青年……真面目でちょっとズレた死神・千葉が出会う、6つの人生を描いた短編集。著者の特別インタビューも収録。
い-70-3

奥田英朗
イン・ザ・プール
プール依存症、陰茎強直症、妄想癖など、様々な病気で悩む患者が病院を訪れるも、精神科医・伊良部の暴走治療ぶりに呆れるばかり。こいつは名医か、ヤブ医者か？　シリーズ第一作。
お-38-1

黒川博行
後妻業
結婚した老齢の相手との死別を繰り返す女・小夜子と、結婚相談所の柏木につきまとう黒い疑惑。高齢の資産家男性を狙う〝後妻業〟を描き、世間を震撼させた超問題作！（白幡光明）
く-9-13

恩田　陸
木洩れ日に泳ぐ魚
アパートの一室で語り合う男女。過去を懐かしむ二人の言葉に、意外な真実が混じり始める。初夏の風、大きな柱時計、あの男の背中。心理戦が冴える舞台型ミステリー。（鴻上尚史）
お-42-3

柚木麻子
ナイルパーチの女子会
商社で働く栄利子は、人気主婦ブロガーの翔子と出会い意気投合。だが同僚や両親との間に問題を抱える二人の関係は徐々に変化して――。山本周五郎賞受賞作。（重松　清）
ゆ-9-3

篠田節子
冬の光
四国遍路の帰路、冬の海に消えた父。家庭人として企業人として恵まれた人生ではなかったのか……足跡を辿る次女が見た最期の景色と人生の深遠が胸に迫る長編傑作。（八重樫克彦）
し-32-12

（　）内は解説者。品切の節はご容赦下さい。

村上春樹
色彩を持たない多崎つくると、彼の巡礼の年
多崎つくるは駅をつくるのが仕事。十六年前、親友四人から理由も告げられず絶縁された彼は、恋人に促され、真相を探るべく一歩を踏み出す——全米第一位に輝いたベストセラー。
む-5-13

川上未映子
乳《ちち》と卵《らん》
娘の緑子を連れて大阪から上京した姉の巻子は、豊胸手術を受けることに取り憑かれている。二人を東京に迎えた「私」の狂おしい三日間を、比類のない痛快な日本語で描いた芥川賞受賞作。
か-51-1

吉田修一
横道世之介
大学進学のため長崎から上京した横道世之介十八歳。愛すべき押しの弱さと隠された芯の強さで、様々な出会いと笑いを引き寄せる。誰の人生にも温かな光を灯す青春小説の金字塔。
よ-19-5

重松　清
小学五年生
人生で大切なものは、みんな、この季節にあった。まだ「おとな」でないけれど、もう「こども」でもない微妙な年頃を、移りゆく四季を背景に描いた笑顔と涙の少年物語、全十七篇。
し-38-8

角田光代
空中庭園
京橋家のモットーは「何ごともつつみかくさず」……普通の家族の表と裏、光と影を描いた連作家族小説。第三回婦人公論文芸賞受賞、小泉今日子主演で映画化された話題作。（石田衣良）
か-32-3

森　絵都
風に舞いあがるビニールシート
自分だけの価値観を守り、お金よりも大切な何かのために懸命に生きる人々を描いた、著者ならではの短編小説集。あたたかくて力強い6篇を収める。第一三五回直木賞受賞作。（藤田香織）
も-20-3

原田マハ
キネマの神様
四十歳を前に突然会社を辞め無職になった娘と、借金が発覚したギャンブル依存のダメな父。ふたりに奇跡が舞い降りた！壊れかけた家族を映画が救う、感動の物語。（片桐はいり）
は-40-1

（　）内は解説者。品切の節はご容赦下さい。

又吉直樹
火花
売れない芸人の徳永は、先輩芸人の神谷を師として仰ぐようになる。二人の出会いの果てに、見える景色は。第一五三回芥川賞受賞作。受賞記念エッセイ「芥川龍之介への手紙」を併録。
ま-38-1

村田沙耶香
コンビニ人間
コンビニバイト歴十八年の古倉恵子。夢の中でもレジを打ち、誰よりも大きくお客様に声をかける。ある日、婚活目的の男性がやってきて――話題沸騰の芥川賞受賞作。（中村文則）
む-16-1

宮下奈都
羊と鋼の森
ピアノの調律に魅せられた一人の青年が、調律師として、人として成長する姿を温かく静謐な筆致で綴った長編小説。伝説の三冠を達成した本屋大賞受賞作、待望の文庫化。（佐藤多佳子）
み-43-2

瀬尾まいこ
そして、バトンは渡された
幼少より大人の都合で何度も親が替わり、今は二十歳差の〝父〟と暮らす優子。だが家族皆から愛情を注がれた彼女が伴侶を持つとき――。心温まる本屋大賞受賞作。（上白石萌音）
せ-8-3

姫野カオルコ
彼女は頭が悪いから
東大生集団猥褻事件で被害者の美咲が東大生の将来をダメにした〝勘違い女〟と非難されてしまう。現代人の内なる差別意識に切り込んだ社会派小説の新境地！　柴田錬三郎賞選考委員絶賛。
ひ-14-4

馳　星周
少年と犬
犯罪に手を染めた男や壊れかけた夫婦など傷つき悩む人々に寄り添う一匹の犬は、なぜかいつも南の方角を向いていた。人と犬の種を超えた深い絆を描く直木賞受賞作。（北方謙三）
は-25-10

綿矢りさ
かわいそうだね？
同情は美しい？　卑しい？　美人の親友のこと本当に好き？　滑稽でブラックで愛おしい女同士の世界。本音がこぼれる瞬間を描いた二篇を収録。第六回大江健三郎賞受賞作。（東　直子）
わ-17-2

文春文庫　ロングセラー小説

（　）内は解説者。品切の節はご容赦下さい。

平野啓一郎
本心
急逝した最愛の母を、AIで蘇らせた朔也。幸福の最中で自由死を願った母の「本心」を探ろうとするが、思いがけない事実に直面する——愛と幸福、命の意味を問いかける傑作長編。
ひ-19-4

中島京子
長いお別れ
認知症を患う東昇平。遊園地に迷い込み、入れ歯は次々消える。けれど、難読漢字は忘れない。妻と3人の娘を不測の事態に巻き込みながら、病気は少しずつ進んでいく。（川本三郎）
な-68-3

三浦しをん
まほろ駅前多田便利軒
東京郊外〝まほろ市〟で便利屋を営む多田のもとに、高校時代の同級生・行天が転がりこんだ。通常の依頼のはずが彼らにかかると、ややこしい事態が出来《しゅったい》して。直木賞受賞作。（鴻巣友季子）
み-36-1

桐野夏生
グロテスク（上下）
あたしは仕事ができるだけじゃない。光り輝く夜のあたしを見てくれ——。名門女子高から一流企業に就職し、娼婦になった女の魂の彷徨。泉鏡花文学賞受賞の傑作長篇。（斎藤美奈子）
き-19-9

森見登美彦
熱帯
どうしても「読み終えられない本」がある。結末を求めて悶えるメンバーは東奔西走。世紀の謎はついに……。全国の10代が熱狂、第6回高校生直木賞を射止めた冠絶孤高の傑作。
も-33-1

千早　茜
神様の暇つぶし
夏の夜に現れた亡き父より年上のカメラマンの男。臆病な私の心に踏み込んで揺さぶる。彼と出会う前の自分にはもう戻れない。唯一無二の関係を鮮烈に描いた恋愛小説。（石内　都）
ち-8-5

伊吹有喜
雲を紡ぐ
不登校になった高校2年の美緒は、盛岡の祖父の元へ向う。羊毛を手仕事で染め紡ぐ作業を手伝ううち内面に変化が訪れる。親子三代「心の糸」の物語。スピンオフ短編収録。（北上次郎）
い-102-2

（　）内は解説者。品切の節はご容赦下さい。

東野圭吾
秘密
妻と娘を乗せたバスが崖から転落。妻の葬儀の夜、意識を取り戻した娘の体に宿っていたのは、死んだ筈の妻だった。日本推理作家協会賞受賞。（広末涼子・皆川博子）
ひ-13-1

東野圭吾
透明な螺旋
今、明かされる「ガリレオの真実」——。殺人事件の関係者として、ガリレオの名が浮上。草薙は両親のもとに滞在する湯川学を訪ねる。シリーズ最大の秘密が明かされる衝撃作。
ひ-13-14

池井戸　潤
オレたちバブル入行組
支店長命令で融資を実行した会社が倒産。社長は雲隠れ。上司は責任回避。四面楚歌のオレには債権回収あるのみ……。半沢直樹が活躍する痛快エンタテインメント第1弾！（村上貴史）
い-64-2

池井戸　潤
シャイロックの子供たち
現金紛失事件の後、行員が失踪!?　上がらない成績、叩き上げの誇り、社内恋愛、家族への思い……事件の裏に透ける行員たちの葛藤。圧巻の金融クライム・ノベル！（霜月　蒼）
い-64-3

湊　かなえ
花の鎖
元英語講師の梨花、結婚後に子供ができずに悩む美雪、絵画講師の紗月。彼女たちの人生に影を落とす謎の男K……。三人の女性たちを結ぶものとは？　感動の傑作ミステリ。（加藤　泉）
み-44-1

宮部みゆき
蒲生邸事件（上下）
予備校受験で上京した孝史はホテルで火災に遭遇。時間旅行の能力を持つという男に間一髪で救われるも気づくと昭和十一年二月二十六日、雪降りしきる帝都・東京にいた。（末國善己）
み-17-12

有栖川有栖
捜査線上の夕映え
マンションの一室で、男が鈍器で殴り殺された。金銭の貸し借りや異性関係トラブルで、容疑者が浮上するも……。各ランキングを席巻した「火村シリーズ」新境地の傑作長編。（佐々木　敦）
あ-59-3

（　）内は解説者。品切の節はご容赦下さい。

辻村深月
太陽の坐る場所
高校卒業から十年。有名女優になった元同級生キョウコを同窓会に呼ぼうと画策する男女六人。だが彼女に近づく程に思春期の痛みと挫折が甦り……。注目の著者の傑作長編。（宮下奈都）
つ-18-1

辻村深月
琥珀の夏
カルト団体の敷地跡で白骨遺体が見つかった。ニュースで知った弁護士の法子は胸騒ぎを覚える。埋められていたのはミカではないか。30年前の夏、私たちはあそこにいた。（桜庭一樹）
つ-18-7

乾《いぬい》　くるみ
イニシエーション・ラブ
甘美で、ときにほろ苦い青春のひとときを瑞々しい筆致で描いた青春小説——と思いきや、最後の二行で全く違った物語に！「必ず二回読みたくなる」と絶賛の傑作ミステリ。（大矢博子）
い-66-1

米澤穂信
インシテミル
超高額の時給につられ集まった十二人を待っていたのは、より多くの報酬をめぐって互いに殺し合い、犯人を推理する生き残りゲームだった。俊英が放つ新感覚ミステリー。（香山二三郎）
よ-29-1

柚月裕子
あしたの君へ
家裁調査官補として九州に配属された望月大地。彼は、罪を犯した少年少女、親権争い等の事案に懊悩しながら成長していく。一人前になろうと葛藤する青年を描く感動作。（益田浄子）
ゆ-13-1

道尾秀介
いけない
各章の最終ページに挿入された一枚の写真。その意味が解った瞬間、読んでいた物語は一変する——。騙されては〝いけない〟、けれど、絶対に騙される。二度読み必至の驚愕ミステリ。
み-38-5

ピエール・ルメートル（橘　明美　訳）
その女アレックス
監禁され、死を目前にした女アレックス——彼女が秘める壮絶な計画とは？「このミス」1位ほか全ミステリランキングを制覇した究極のサスペンス。あなたの予測はすべて裏切られる。
ル-6-1

（　）内は解説者。品切の節はご容赦下さい。

大沢在昌
魔女の笑窪
闇のコンサルタントとして裏社会を生きる女・水原。男を一瞬で見抜くその能力は、誰にも言えない壮絶な経験から得た代償だった。美しいヒロインが、迫りくる過去と戦う。（青木千恵）
お-32-7

中山七里
テミスの剣《つるぎ》
自分がこの手で逮捕し、のちに死刑判決を受けて自殺した男は無実だった？　渡瀬刑事は若手時代の事件の再捜査を始める。冤罪に切り込む重厚なるドンデン返しミステリ。（谷原章介）
な-71-2

知念実希人
十字架のカルテ
精神鑑定の第一人者・影山司に導かれ、事件の容疑者たちの心の闇に迫る新人医師の弓削凜。彼女にはどうしても精神鑑定医になりたい事情があった――。医療ミステリーの新境地！
ち-11-3

伊岡　瞬
白い闇の獣
小6の少女を殺したのは、少年3人。だが少年法に守られ、「獣」は再び野に放たれた。4年後、犯人の一人が転落死する。少女の元担任・香織は転落現場に向かうが――。著者集大成！
い-107-3

芦沢　央
汚れた手をそこで拭かない
平穏に夏休みを終えたい小学校教諭、元不倫相手を見返したい料理研究家。きっかけはほんの些細な秘密や欺瞞だった……。第164回直木賞候補作となった「最恐」ミステリ短編集。（彩瀬まる）
あ-90-2

石田衣良
池袋ウエストゲートパーク
刺す少年、消える少女、潰し合うギャング団……命がけのストリートを軽やかに疾走する若者たちの現在を、クールに鮮烈に描いた人気シリーズ第一弾。表題作など全四篇収録。（池上冬樹）
い-47-1

今野　敏《びん》
曙光の街
元KGBの日露混血の殺し屋が日本に潜入した。彼を迎え撃つのはヤクザと警視庁外事課員。やがて物語は単なる暗殺事件から警視庁上層部のスキャンダルへと繋がっていく！（細谷正充）
こ-32-1